觉　心

杨七芝　著

远方出版社

图书在版编目（CIP）数据

觉心 / 杨七芝著 . -- 呼和浩特 : 远方出版社，
2025. 4. -- ISBN 978-7-5555-2172-3

Ⅰ . I267

中国国家版本馆 CIP 数据核字第 2025ZC6411 号

觉　心

JUEXIN

著　　者	杨七芝
责任编辑	蒙丽芳
版式设计	青年作家网
出版发行	远方出版社
社　　址	呼和浩特市乌兰察布东路 666 号　邮编 010010
电　　话	（0471）2236473 总编室　　2236460 发行部
经　　销	新华书店
印　　刷	河北晔盛亚印刷有限公司
开　　本	880 毫米 ×1230 毫米　1/32
字　　数	103 千字
印　　张	6
版　　次	2025 年 4 月第 1 版
印　　次	2025 年 4 月第 1 次印刷
标准书号	ISBN 978-7-5555-2172-3
定　　价	68.00 元

杨七芝的国画作品

杨七芝的国画作品

杨七芝的国画作品

杨七芝的国画作品

杨七芝的国画作品

杨七芝的国画作品

杨七芝的国画作品

杨七芝的国画作品

杨七芝的国画作品

杨七芝的国画作品

杨七芝的国画作品

杨七芝的国画作品

杨七芝的国画作品

杨七芝的国画作品

杨七芝的国画作品

杨七芝的国画作品

杨七芝的国画作品

杨七芝的国画作品

杨七芝的国画作品

杨七芝的国画作品

在文学天地里蹚出人生新路途

杨七芝从如诗如画的三清山发来她的散文集《觉心》的书稿，嘱我作序。我捧卷在手，随着她娓娓述说的文字，走过她伴着时代之潮而起伏的人生足迹，感受她的喜怒哀乐和人生感悟。对这位虽已闻名却尚未谋面的文友，我有了更深一层的认识。

数年前，仿佛归隐于远方的杨七芝，遥遥地提出申请，要在其出生和长成之地上海加入作家协会。我受托作为她的入会介绍人之一。那时，读到她用于申报的作品，就感觉有些与众不同，她虽然系统写作起步较晚，有些文笔甚至还显得稚拙，但其内容和风格已显露出个性，尤其是她把幼承家学的诗笔和师从名家的画意，融于字里行间，让人有一番清新之感。在如愿入会后，杨七芝时常在微信里给我发她的诗文以及在赣东小城玉山参加各种活动的信息，让我了解到，这位有着多种艺术才华的新作家，创作的热情和在领域内的活跃度非常高，在文学的长途上持续迈步前行。

我曾在为一位作家朋友的作品集所作序言中说："我一直觉得，认识一个作家最好的办法，就是阅读他（她）的作品。作品，是作家表达自我的主要方式，而阅读作品是我们抵达其心灵世界的必由之路。"对于深入了解杨七芝，我也是这样想的。两年多前读到她新出的《风雨三清山》，在我对她的印象上，画上了更为细致的几笔。不过，在这本诗文合集中，叙事的笔墨不多，对于个人心路旅程的描述也显得零星，我感觉仍然难以了解杨七芝波折的人生阅历和深埋隐秘的内心，难以充分认识她对文学、艺术和生活的认知感悟，并且有些吟咏的文字带有"应景"的痕迹，未能彰显出个性。直到这部《觉心》，让我有刮目相看之感。它经过精心地谋篇布局而非简单地集纳，较为系统地呈现了杨七芝二十余载文学创作所获得的成果和所达到的水准，显示出她从一个起点并不高的普通写作者，开始向一名成熟的作家蜕变。在我看来，阅读《觉心》，能够认识一个完整的杨七芝，并从她的执着前行中获得有益的启迪。浏览这部作品，我的印象是杨七芝虽命途多舛却未曾沉沦。面对一次次磨难，她不甘被埋没，而是投身艺术的怀抱，学习画与诗，遇见思想的导师和生活的伴侣，找到了心灵的寄托。跌宕起伏的人生际遇，还有游历山川名胜而寻求解脱的旅程，无疑使杨七芝收获了宝贵的精神财富和特殊的生活积累，成为她走进文学时源源不竭的创作素材。杨七芝畅行艺海而追求不懈，她在完成自身疗愈、寻求宁静境界的过程中，逐步唤醒了内心蛰伏许久的多种文艺爱好，从而展开新的生活。她喜作古诗词抒情言志，用笔墨挥洒和渲染心中的山水，之后又提笔回顾和思索过往的人生。诗文和书画，本是能够彼此贯通、相互触发的文艺门类，融汇之下，特色就形成了。《觉心》用不少篇幅，记录了杨七芝在不同艺术领域进行多方面实践的经历。她用自己的艺术探索心路历程，诠释了文学艺术在人的生命中的重要价值。杨七芝以凝神定心来升华境界，她在艺术追求中，虽多路漫行，却有所锚定。比如，寄情山水，她选择天下奇秀的三清山，时常沉浸于云雾缥缈中，潜心观察揣摩，然后挥毫泼墨。甚至在结束漂泊、已然回归之后，又告别繁华都市，常年隐于山前小城，在宁静的心境中从容追求。而她的这番执着，也带到了文学写作之中。她选择散文这一相对适合的文体来回眸人生，又结合艺术实践撰写艺评，从而循序渐进，向着更高的写作水准和境界上行。她对于笔下的文字是有高要求的，收入《觉心》的文章，有的就是她认真修改先前文本后定稿的。这种写作追求，对众多文学写作者来说，是值得借鉴的。

经过多年的努力，杨七芝在文学创作道路上越走越顺畅。最近两年，她接连出版了两部文集《文韵三清路》和《诗意三清路》，加上之前的《风雨三清路》，构成了她以三清山为基点，追索文学艺术的三部曲，文学大家叶辛等欣然为之作序。今年，她又创作了散文集姐妹篇《觉语》以及这部《觉心》。她还告诉我，她正在创作诗集《悦诗风吟》。如此踔厉奋发的创作，令人感慨不已……

这次她为新文集取名《觉心》，而“觉心”即觉醒，寓意深长，韵味久远。在我看来，“觉心”二字，也是她在文艺领域求索半生所得的心灵正果。正是几十年的艺海奋楫扬帆，使她抚平了人生履历中的道道坎坷，驱散了缠绕心怀的种种迷惘，终将抵达宁静致远的觉悟彼岸。衷心祝愿杨七芝能在文学之路上越走越远、越走越轻灵，也祝愿她的诗文不仅“长于深林”，也能够进入更多读者的视野，以其芝兰之气，芬芳众人之心。

上海市作家协会副主席　王伟

2024 年秋写于上海

王伟简历：1963 年 5 月出生于上海。1985 年 7 月毕业于上海大学文学院，进入上海《文汇报》从事新闻编辑工作。1996 年 10 月起在中共上海市委宣传部、上海市政府新闻办任职。2004 年 4 月起在香港《大公报》、上海《解放日报》、上海报业集团工作，任副总编辑、副社长等职。2016 年 10 月起，任上海市作家协会党组书记、专职副主席，2023 年 9 月到龄卸任。现为上海文化发展基金会理事。

梅花香自苦寒来

“宝剑锋从磨砺出，梅花香自苦寒来。”这句话道出了成就的来之不易。天地赋予每个人独特的禀赋，也孕育了千差万别的人生理想与追求。智者应当将天赋灵性与后天所学相融，使阅历与修养相济。待到有所成就，便以赤子之心报效家国，此乃人生至乐。杨七芝便是这样想的，也是这样做的。

七芝出生于上海的书香门第，酷爱书画、诗词与音乐，这得益于家庭的翰墨传承与耳濡目染。她的父亲精通古诗词、考古、书法及金融。位于上海南京路附近的晚香楼——杨老故居，四壁挂满了书画，洋溢着古文化的典雅芬芳。她的母亲则出身于杭州的书香世家，知书达理、为人和善，使七芝自幼便接受了良好的教育，养成了自律善良的品性。

青年时期，她毅然放弃上海的优越生活，选择前往北大荒，屯垦戍边，投身于艰苦的劳动之中。在艰难险阻中，她拼搏奋斗，寻找着光明的人生道路。后因疾病，她转投江西的老革命山区，在无奈之中，再次踏上了“上山下乡”的艰苦征程。尽管人世纷繁复杂，人心难以揣测，病魔、困境与心灵的煎熬不断挑战着她的意志，侵蚀着她的精神力量。然而，在孤身一人、万念俱灰的困境中，她得到了父母哥姐、良师益友的深切关怀与大力相助，使她在坎坷的道路上重新看到了一丝希望。良知与良心指引着她，学习那迎风冒雪不惧寒的梅花般的坚韧精神。

她竟然牢牢记住了我几十年前赠予她的那句话：“一窗风雨凄凉夜，半间破屋作画图。”诗中的悲苦与诗外的深邃，不断激励着她，宽慰着她，促使她压下内心的哀伤，保持乐观的心态，勇往直前。自古以来，成功之路便是充满崎岖的，唯有不畏艰难险阻，坚持不懈地走下去，方能取得成功。

果然，她创作出一幅幅作品，向世人展现了三清山的壮丽景色。她经历了一年又一年“梅花香自苦寒来”的暴风骤雨洗礼，却始终挺直腰杆，坚韧不拔。在锤炼书画艺术的同时，她认真踏实地向我学习写作，一丝不苟地探究人生与文学的关系。她用寒梅的清香来滋养自己的心灵，用轻风拂柳的柔美来展现她的人格魅力。每一句的推敲、每一篇文章的诞生，都是她脚踏实地实践的印记，更是她厚积薄发的体现。在攀登自己理想的三清山画派艺术高峰时，她始终铭记师生情谊、挚友深情，以此回报那些真诚善良的人们。她的诗情画意中既洋溢着对人间真善美的炽热，也饱含对邪恶的憎恨和对弱者的关怀。

三十年的栉风沐雨，岁月如金，她不负韶华，梅花般的风韵已然绽放；情系大山，“浑然抱破碎，古朴见天真”的气质已然形成。一个人民的艺术家绝不能脱离人民群众，更不能居功自傲。只有在苦寒中傲霜斗雪，梅花才能开得长久、醇香绚烂；只有扎根于人民生活的沃土，在文学艺术创作中与人民同呼吸、共命运，才能赢得祖国与人民的衷心支持与喜爱。

梅花的芬芳，深深植根于中华大地的肥沃土壤，得益于乡土园丁们的悉心培育；而七芝的成就，则沐浴了三清山的自然灵韵，承蒙了正义之士的慷慨相助。她立下誓言，要用自己一生的心血去创造艺术，唤醒信仰，提升境界，以此感恩祖国人民，并身体力行地传承那冰清玉洁、暗香浮动、甘于奉献的梅花气节。

杨七芝的艺术生涯正是这样一步步坚实地走过的，我们坚信，她未来也将同样坚定地走下去。

刘鹏飞写于三清山书画院

2013 年 4 月 1 日

刘鹏飞简介： 中国管理科学研究院特约首席专家、研究员。中国摄影家协会会员，中国文学家、书画家。首任三清山书画院院长、道学文化研究院院长。

目　录

第一辑　念古今

广陵古琴缘……………………………………………………3
平沙落雁………………………………………………………7
转瞬芳华成依恋…………………………………………… 11
人性的探索………………………………………………… 22
端午节联想………………………………………………… 28

第二辑　数星移

春的絮语…………………………………………………… 33
春天在哪里………………………………………………… 35
草　根……………………………………………………… 37

金秋的丹枫…………………………………………………… 39
岁寒三友……………………………………………………… 41

第三辑　拾年痕

常州艺术之路………………………………………………… 49
常州的友情与感悟…………………………………………… 62
青春火花　回眸闪烁………………………………………… 67
北大荒人的步履……………………………………………… 73
京城重逢　金秋飘香………………………………………… 79
秋韵燕京　久别重逢………………………………………… 96

第四辑　故乡情

难忘的 2009 年首聚 ……………………………………101
栖霞送来美苹果……………………………………………105
达子飘香　期盼重逢………………………………………110
知青胜缘　大枣深情………………………………………114
人杰地灵　香桂传奇………………………………………118
武安续缘　冰溪抒情………………………………………123

第五辑　问觉心

枇杷情深：二十七载的感恩与感悟……………………129
爱的诠释与奉献……………………………………………132
月明风清……………………………………………………136
浪迹天涯……………………………………………………139
妙音入心：歌词创作与音乐悟道之旅…………………147
用理智觉心…………………………………………………155

第一辑

DI YI JI

念古今

广陵古琴缘

我拥有一架仲尼式“鸣泉”七弦古琴，其琴身由紫檀木精制而成。这架琴，是我敬爱的梅大师在世时亲自为我选材监制的，上面还有梅大师的亲笔题字。这架珍贵的琴，陪伴着我与先生的艺术创作，共同弹奏出天籁，共度愉悦时光。

我练习这七弦古琴已逾十年，深有感触。在抚琴之时，必须将杂念与欲望全部抛诸脑后，否则，一旦心绪起伏，便会难以找准徽位，甚至连琴弦也辨识不清。

我自小便对乐器怀有浓厚的兴趣，有一种一见如故、相识恨晚的感觉。早年在上海，我学习了吹笛、拉二胡、弹扬琴等多种乐器。52 岁那年，因治病之机，我萌生了学习古琴的念头。于是，我虔诚地前往先生的故乡扬州，向广陵派第十一代大师梅日强拜师学艺。初识古琴，我感到既敬畏又向往，因此学习得格外认真刻苦。虽然屡次受到老师的批评，但我始终秉持“能忍自安”的信念，抓住每一个学习机会，认真地记录学习心得，勤学苦练。

在那个春风和煦的三月，扬州美景如诗如画，一夜之间，桃李争艳，满城飘香。瘦西湖畔，柳丝轻拂水面，雨后的草地郁郁葱葱。我下定决心把握这次学习机会，先生陪着我一起，如同小学生一样抱着古琴在瘦西湖边来回求学。虽然总共只学了三天、六个小时，但我的专注打动了老师。他赞赏我的学习态度，主动提出明年三月再教我。

回到三清山后，我放下手头的一切创作，迫不及待地全身心投入古琴练习中。我边听老师的光盘，边细细揣摩每一个音符的韵味，尝试着模仿老师的演奏方法。经过三个月的刻苦练习，我已经能弹奏出三首名曲：《秋风词》《关山月》《平沙落雁》。然而，这背后的付出是手指的血泡与肿胀，疼痛到夜不能寐。后来，手指渐渐磨出了老茧，才算渡过了这一难关。老师听说我已能弹奏名曲后半信半疑，非要亲自到山里来看我演奏。

于是，我与老师约好，第二年请他到三清山来休养并指导我们弹琴。遗憾的是，老师最终未能如愿来到三清山。第二年他去了北京执教，并有幸为党和国家领导人及外宾表演，这是何等光荣的事情啊！但谁又能料到，不久后他竟重病缠身，不幸离世。他的离去，是艺术界的一大损失！祖国的音乐苍穹中，从此陨落了一颗璀璨的星辰！

梅大师桃李满天下，享誉全球。但谁又能知晓，他的一生也曾历经坎坷。老师祖籍江西九江，后定居南京。他自幼父母双亡，13岁入寺庙学习书画，14岁拜师苦学古琴。他天资聪慧，颇具艺术天赋。然而，在风雨飘摇的战乱时期，因生活拮据，他不得不在九江码头当苦力拉纤，饱受饥寒之苦，也因此落下了一身的病。

后来，老师蜗居在扬州东关街一间阴暗潮湿的小屋中，这小屋还是他卖掉一尊自己心爱的古琴请人建造的。空间小且阁楼低矮，昏暗无亮窗，只能整日点灯。然而，老师却能在这样的环境中潜心教学古琴，令人钦佩。

老师一生清高正直，晚年境遇却常常窘迫凄凉，在他的琴声中，我常能捕捉到他对生活坎坷的哀叹，以及他晚年遭遇的婚姻不幸与才华未得赏识的孤寂与苦楚。这让我深感惋惜。但他坚韧不屈，曾说："学古琴，先学人品，人到无欲品自高。弹琴结友，需德高艺高。"

老师在艺术上的卓越贡献有目共睹，而他清雅高逸、明心见性的高尚情操更是我们的骄傲。可惜，如今这一切都成为我们的遗憾。

2007 年的清明节，我撰写了一篇《长忆琴缘中》缅怀我的老师，并将其交给了先师的嫡传女弟子周霞。这既表达了我的感恩与怀念，也是我们对先师的告慰。

我时常聆听他的光盘教学琴声，从中体悟老师坎坷人生中的傲雪风骨，学习他不屈不挠、艰苦奋斗的精神。“自古圣贤多寂寞”，像老师这样德艺双馨的名师，实在难得。他视我为可以畅谈琴棋书画的挚友，与我饮茶交流，总有说不完的艺术感悟；他将自己的毕生技艺毫无保留地传授给学生，将全部心血献给了挚爱的文化事业。

我铭记着老师高尚的品格和精湛的琴艺，下定决心把广陵派古琴技艺传承下去。

平沙落雁

《平沙落雁》是一首著名的古琴曲，用音乐模仿大自然的声音，生动地表现了平沙之上雁群起落的景象。此曲令人百听不厌。操琴者皆畏其中高难度的技巧，苦练终日唯恐走调，只有技法纯熟的操琴者，才能完美表现曲中意境，获得弹琴的乐趣。

十年前，春暖花开，草长莺飞，万物生机盎然。然而，我却生了一场大病，虚弱得无法下床。在先生的精心照料下，我的身体逐渐恢复。为了养病，他带我前往他的老家扬州，拜师学琴。我的古琴老师是扬州广陵派第十一代传人梅日强，他是一位赫赫有名的大师。

初学琴时，老师手把手地教我学习基本功。然而，我笨拙至极，紧张得连滑音都弹不出来。但老师并未嫌弃，而是耐心地教我，我深受感动。于是，我决定克服恐惧，认真地学下去。

我在三清山闭门苦练了一个夏天，任凭指尖磨破出血、起泡结茧也毫不退缩。

我一遍遍地听老师的光盘示范曲目，按照书中的半文谱指法和特高难度的技法去琢磨，才逐渐摸索出一点点韵味。《秋风词》《关山月》《平沙落雁》这三首曲目，我久仰其名，于是恳求老师寄来曲谱。当时，他在电话中好奇地问我："我还没教，你怎么练啊？"我说："我边听老师的示范光盘，边对照曲谱仔细模仿每一个指法慢慢练习吧！"没想到，与老师的这次对话竟成了我们的诀别，永远留在了我的记忆中。

我钟爱那清远悠扬的《平沙落雁》，曲中缓缓流淌的柔情总能平复我内心的浮躁。

在老师的琴声中，我仿佛感受到一群大雁由远及近、由昼至夜的飞行之旅。那时正值金秋九月，白云悠悠，丹枫似火，万里飘香。东风浩荡，仿佛催促着大雁南飞，毕竟北方的"胡天八月即飞雪"已尽显冷酷无情，大雁们怎能在此久留？即使要归来，也只能等到来年的早春二月——"七九河开，八九雁来"的时节。

碧空无际，雁阵掠过云端，它们追寻着远方那一湾澄碧的湖水、一片金黄的沙洲，或是几亩随风摇曳的芦苇荡——那是它们栖息的故乡，是候鸟们岁岁奔赴的归处。群雁在此盘旋、落脚，羽翼掠过粼粼波光，在葭苇深处筑巢育雏，年复一年，不曾离散。

金秋送爽，暖阳和煦，辽阔的碧空传来阵阵雁鸣，那是一阵阵金铃般的清音，似天上仙女们美妙动听的歌声，伴随着轻盈蹁跹的羽翼。偶尔，我仰望高空中掠过的雁阵——它们秩序井然，排成修长的“人”字，在舒缓与迅疾的交错间，展露出严明的纪律。前面是领队的，两边是巡逻侦察的，最后是保护群体安全的，它们从来不会落下一个伙伴。这种团结友爱的集体精神，真是可贵！

大雁，这和平的使者，与自然万物共生共荣，恪守着不侵他域的生存法则。它们翩然降落，栖于独属自己的生态家园——或一方碧水晴空，或一片青草故滩，衔枝筑巢，安然作息。

大雁珍视生命，群体间相依共生。长者携幼，哺育呵护；伴侣相随，厮守不离。啄鱼追虾，尽显勇毅勤勉；归巢栖息，安享岁月静好。

夜间，一阵阵寒风袭来，老雁会用自己的翅膀温暖小雁，用喙为小雁理羽驱虫，然后轻啭低鸣，如吟唱摇篮曲般哄它入睡。这般舐犊情深，令人动容。

沉浸在这碧海丹心般的雁语呢喃中，我渴望再次聆听这动人的天籁，回味那份温暖的记忆。当《平沙落雁》的旋律悠然响起，恍若穿越时光，又听见母亲在耳畔轻哼的摇篮曲：“摇啊摇，摇到外婆家，外婆请我吃果果；摇啊摇，摇到外婆桥，外婆叫我好宝宝。”那歌声真是甜美又温馨！

月亮已经爬上东边的山岭，把温柔的光洒在画楼上。河边开满鲜花的沙洲笼罩在薄雾里，四周安静朦胧。这正是我弹古琴的最好时候。在这首《平沙落雁》的尾声里，没有狂风暴雨，没有激流暗礁，没有惊涛骇浪，一切都回归到平静之中。琴声轻吟低回，显然，雁群们已进入平沙芦苇荡中酣睡……

每当回味《平沙落雁》那跌宕后终归宁静的琴韵，心中便愈发向往一种平和的心境，在修身养性间，渐渐悟得淡泊与释然。

夜阑人静，明月当空，给人一种万籁俱寂的美妙感受。

转瞬芳华成依恋

“叶落兮归根，故里兮牵魂。”人至暮年，总爱追忆儿时往事，梦回故乡，沉醉于那一草一木间，感受着它们对自己深深的眷恋。这份情感，着实珍贵。在返璞归真的心绪驱使下，不经意间，便勾起了无数金色回忆……

1/ 童年记忆

我生于上海滩，长于黄浦江边，对故居所在的南京路一带尤为熟悉，那条紧邻福建中路的台湾路，铺满鹅卵石的短短巷道，早已镌刻在我的记忆里。 它宽约二十米，长约百米。小街两侧，全是贯通的石库门弄堂。我便是在这百年石库门老屋中出生的。

读书之前，我除了聆听老父亲讲解《唐诗三百首》、背诵简单的古诗、练习隶书外，还喜欢唱越剧。母亲酷爱越剧，常常牵着我的手，到北京东路老闸桥下的小剧场看戏。我们祖籍绍兴，更添几分乡音的情趣。不过，《梁祝》中的悲欢离合并未让母亲落泪，她自己的故事远比戏文更令人怅惘。

母亲儿时家道中落，外公耽于享乐，外婆郁郁而终。九岁时，母亲便无依无靠，饥寒交迫，跟着好心的二姐一家长大成人。后来，他们做媒，让母亲与在银行里颇有名气的父亲成家。父亲曾努力当上银行行长，光宗耀祖，然而“七七事变”后，前程尽毁。全家颠沛流离，艰险逃难，最终投靠父亲的老友，得到资助，在上海弄堂的石库门里安顿下来。二楼三十平方米的东厢房，成了我们的一方栖身之所。

在上海的家中，母亲时常把我打扮成戏里的“小丫头”。她会为我精心盘头插花，让珠宝银钗轻轻垂落在我的眼帘旁。我穿上裤边绣着锦片花线的长裤，再甩动长毛巾模仿水袖，踩着细碎的步子，一摇一摆，神情专注地甩动水袖，稚嫩的唱腔咿咿呀呀地飘在弄堂里，活脱脱一副小戏子的模样。邻家那些越剧迷们听见，个个眉开眼笑，夸奖我有灵气。

上小学前，父亲在人民公园教授杨式太极拳，他的一位女弟子擅长越剧，母亲便请她教我唱戏。从缠绵悱恻的《梁祝》到爱恨交织的《血手印》，再到慷慨激昂的《穆桂英挂帅》，老师教得婉转动人，我学得如痴如醉。戏中那冲破礼教枷锁的炽热爱恋，那金戈铁马的壮烈沙场，常让我们师生二人感动得潸然泪下。

我们常常并排坐在老竹椅上，沉浸在戏曲的世界里。老师教得用心，我学得专注，一唱一和间，竟有种天然的默契。我跟着老师的唱腔，很快就摸到了门道。男女声调反复轮唱，在咿咿呀呀的唱段中，我渐渐分清了戏文里的忠奸善恶。不知不觉间，一个念头在心里扎了根：不仅要当个好人，更要成为一个有良心的戏曲人。

2/ 青春岁月

读小学后，母亲开始教我绣花、印花样。在母爱的呵护与培养下，我茁壮成长。那时，我深深热爱花鸟的五彩斑斓与灵动柔情，它们仿佛是我心灵的伙伴。母亲用心培养我朴素雅静的性格，而我也心甘情愿地投入塑造之中。放暑假时，我放弃玩耍的机会，每天临摹一张彩笔画，甚至尝试画古代仕女，作为送给母亲的礼物。妈妈看到我的画作总是满心欢喜，她会将一张张画拿给邻居们欣赏，自豪地说："我家小囡真聪明，将来让她当画家！"

然而，在父亲的影响下，我踏上了另一条道路。他喜欢游泳，常说学习游泳能培养坚强与勇敢的品质。于是，在三年级时，我报名参加了少年宫的冬泳班。那个年代，家境贫寒，营养匮乏，加之寒冷与饥饿的侵袭，三年的冬泳训练让我变得面黄肌瘦，身心俱疲。虽然我掌握了自由泳、蛙泳、仰泳、蝶泳四种泳姿，并被评为少年级运动员，但终究未能更进一步。

后来，由于体育成绩突出，我转战乒乓球赛场。我从小打球就有一股猛劲，认真训练并进入了少年宫。在市六女中，我算是小有名气的。我一直梦想着能进入市级少体校，进而加入国家队，为祖国争光。然而，这终究只是一个美好的愿望。我努力奋斗，一直打到中学毕业，却未能实现理想，反而因此耽误了学业，成绩逐渐下滑。或许我天生不是搞体育的料吧，我也只好作罢。

在我内心深处，那份对唱歌、学戏、画画和写作的热爱从未消减。我常为班级、校园出板报，撰写小文章，绘制插图，乐此不疲。1966 年，我 16 岁，即将中学毕业。那时的我怀揣着两个梦想：一是考入越剧团，二是进入美术学校深造。然而，这两个梦想都遭到了父母的反对。他们考虑到父亲体弱多病，希望我接替他的工作，早日成为一名工人，以减轻家中的经济负担。听到这个决定，我大失所望，仿佛一盆冷水从头浇到脚，浑身冰凉。

就在这时，班主任张舜发老师给了我一个意外的转机。他建议我去报考上海美术学校，而且是提前去考。我怀着忐忑又期待的心情，没有向父母要一分钱，偷偷地和班上七位同学一起前往静安寺附近的学校参加考试。

考场上，我放松心态，原本安排两节课的绘画时间，我一节课就完成了。交卷时，还差点踢翻讲台边的洗笔水桶，回头看到监考老师看着我的画笑眯眯的。我感到一丝成功的希望在心中悄然升起……后来我真的被录取了！

然而，幸运之神并未持续眷顾我。我们班有两名学生被录取，我是其中之一。就在档案已经递交，即将踏入校门的关键时刻，由于不可抗力，我与美术梦想失之交臂。16 岁的我，心中充满了悔恨与无奈。

为了排解心中的郁闷，我吹起了横笛，试图慰藉受伤的心灵。然而，父亲和邻居却对我的笛声感到厌烦，说我在阳台上天天吹奏，扰得人心烦意乱。父亲一怒之下，劈断了我的一支笛子，我急得直跺脚，却也无济于事。那时，我心中曾对父亲产生怨恨，觉得他野蛮无理，不懂体谅。现在想来，自己当时也是不懂事，连饭都吃不饱，还吹什么笛子呢？

1967 年，学校文艺宣传队队长巢文琴听到我的笛声，推荐我加入宣传队。巢队长多才多艺，主持、拉琴、跳舞、唱歌样样精通。遇到她，我深知机会难得，拼命练习笛子，每天练到天黑才回家。饿了就吃大饼充饥，回家吃冷饭冷菜，最终患上了胃病。但我不顾一切，只盼不再虚度光阴。

笛声让我心胸豁达，成为我唯一的寄托。我们文艺宣传队向乌兰牧骑学习，节目丰富多彩，足迹遍布上海。与东海舰队文工团结为“一对红”后，我的笛艺在海军张明英指导下显著进步。他的《笛子谈心》让我陶醉，我忘我苦练，久久依恋他送我的紫竹笛。

我们文艺宣传队经常受邀参加全国工农兵商学的文艺汇演，前往部队集训，甚至有幸为中央首长演出。那些激情澎湃的时光，至今回想起来仍令人心潮难平。然而，青春年少的我们天真烂漫，只顾沉浸在艺术的提升与纯粹的快乐之中，从未想过未来各自的人生将走向何方。

我们的舞蹈队表现尤为出色，特别是在王星星副队长的精心编排下，队形变换灵动多姿，舞姿优美动人，成为全场瞩目的焦点。我特别羡慕她们完美的艺术表演，那时我觉得她们将来必定能成为出色的舞蹈演员。

我们的四人小乐队也毫不逊色，配合默契，演奏和谐。手风琴手徐勉励、扬琴手苏庆华、二胡手彭雪珠三位都是我的高中学姐，她们精湛的技艺和温暖的关怀让我受益匪浅。在她们的鼓励下，我不断进步。特别是雪珠学姐，一直与我保持联系，关心我的近况。最令我感动的是，20 世纪 70 年代她还专程来上海看望我，这份情谊至今难忘。

在那段青春岁月里，无论获得多少荣誉，我们始终以集体为先。高初中的同窗情同手足，甘苦与共，真诚相待。通过开诚布公地批评与自我批评，我们共同进步。那些浮躁的欲望、消极的情绪，在我们这个集体中毫无容身之地！每个人都怀着一颗赤子之心，质朴纯真。在这如沐春风的年华里，我们如新生的幼苗，在阳光雨露中茁壮成长。

我热爱团队，同时也酷爱独唱。然而，长期吹笛使我原本高亢清脆的嗓音变得沙哑，甚至患上慢性喉炎。但我不愿放弃，于是请庄建教我马玉涛女中音的独唱法，效果出乎意料的好。正是她鼓励我尝试独唱，我才迈入多才多艺的行列。

1968 年，我们宣传队的伙伴们怀揣理想，奔赴祖国各地。我与刁慧敏、谢彩玲作为首批成员，毅然踏上北大荒的黑土地；巢文琴、庄建、王星星、徐勉励则远赴云南勐海的橡胶林；彭雪珠在安徽的田野间挥洒汗水；邬明华、苏庆华选择在上海崇明岛开垦滩涂；最令人牵挂的是陈文娟，她独自在黑龙江瑷珲的冰天雪地中坚守，那份孤独令人心疼；后来几经周折，终于联系上在江西农村插队的陈佩莲……

1968年的初秋，金黄的落叶铺满校园，宣传队的伙伴们即将各奔东西。我们走遍校园的每个角落，用相机定格最后的青春时光。没有豪言壮语，只有相拥而泣的沉默；没有郑重告别，只有泪眼中映出的不舍。那时我们天真地约定：二十年、三十年，哪怕五十年后，也一定要重聚，再在一起表演。

3/ 花甲重逢

2008年，在我们五大连池上海知青40周年聚会时，我联系上了宣传队的老友。10月16日，花甲之年的我们相约在上海巢队长家欢聚。

金秋送爽，我乘坐地铁前往，途中被一位卖花的老阿姨吸引。她摊开竹篮，洁白的栀子花和白兰花散发着馥郁香气。我买了两对，挂在胸前，仿佛重回儿时。清风中，我快乐地迈向重逢之地。

我们约好九点多在浦东科技馆7号出口碰面。远远地，我看到一群人正热络地寒暄。定睛一看，竟是宣传队的巢队长、庄建、星星、文娟，还有几位云南校友，甚至有位专程从美国赶来的朋友！

巢队长身着V领黑白T恤，英姿飒爽；庄建一袭蓝装，胸前两条白色长飘带随风舞动，尽显潇洒；星星穿着素色衬衫配碎花裙，依旧如当年般淳朴；文娟的白咖格子旗袍连衣裙，衬得她典雅端庄；而我，还是老习惯，一身蓝底白条纹运动装，舒适自在。

时隔40年的重逢，我们呼唤着彼此的小名，相拥着那份从未褪色的情谊。思念、温暖、感慨、幸福在泪光中交织，所有情绪都毫无保留地倾泻而出。还有什么比四十年的魂牵梦萦更纯粹？还有什么比天涯相隔却心意相通更动人？我们顾不上路人的目光，急切地问着："这些年，你过得怎样？"越说越激动，越亲近，越喧闹，仿佛时光从未流逝。然而转瞬回神，才惊觉青春已成往事，唯有这份情谊，依然鲜活如初……

我们笑着结伴而行，眼前这片土地曾是纵横的田野，如今却化作绵延的桂树林与丁香园。恰逢这重逢的好时节，苗圃里芬芳弥漫，小径幽静无人，我们自在徜徉。原来这条路名为"丁香路"，景致醉人，花香沁心，令人流连忘返。我们缓步其间，满怀眷恋。这些共度青春年华的同窗，多想再为彼此留住一季灿烂的金秋，让即将到来的晚年，因这份情谊而更丰盈、更动人。

巢队长的家装潢现代雅致，餐桌上摆满了美味佳肴。她爽朗地招呼大家："老伙伴们，别客气，尽情享用啊！"那熟悉的爽快劲儿丝毫未变，整个屋子都洋溢着温暖欢快的气氛。我们拜读了队长父亲书写的家训：“与人为善，为善最乐”“忍一时风平浪静，让一步海阔天高”“不求黄金千万两，但愿儿孙孝而贤；粗茶淡饭身常健，知足开朗体自康”。这些教诲让我们深感敬佩。

饭后，我们移步阳台花园，促膝长谈。我还送上了我的画册，并为她们一一签字。我静静地望着她们，岁月虽在她们脸上刻下细纹，却丝毫未改她们的神韵：庄建的笑容依然爽朗，文娟的风姿依旧动人，星星的眉宇间仍是那份淳朴，而文琴眼中闪烁的，还是那股子热忱与干练。

当然，岁月流逝，我们每个人都在改变，只是程度各不相同。但在我心中，无论怎么变，只要那份青春时代的纯真与赤诚仍在，便是最珍贵的模样。

我们愿做永远的同学，共话未竟的理想，同绘未来的图景；我们甘为历久弥新的老友，携手守护这个百花齐放的精神家园；我们更愿倾尽所有，只为延续这份经年累月的真挚情谊，守护这个凝聚着我们共同记忆的集体荣光。

共同的期盼，指引我们走向花甲之年的重逢；似水流年，带我们奔赴每一次欢聚。那些赤诚相待、温暖如初的瞬间，早已镌刻成永恒。最令人动容的，莫过于云南知青写下的那行深情的文字：“让我们轻轻地拨动这记忆的琴弦，让那曾经的岁月回响……”

最后，巢队长为我们弹奏钢琴曲，琴声如草原上的月亮，美得令人沉醉。我们或坐或卧，仿佛重回花季岁月。琴声入耳，思绪飘回往昔……

“转瞬芳华成依恋”，愿我们健康长寿，友谊之树常青。让我们带着深情厚谊，期待再次相聚，续写美好的人生篇章。

人性的探索

“人之初，性本善”与“人之初，性本恶”这一论题，在中国已争论了二千多年。迄今为止，“善与恶”的议题仍在全球范围内引发广泛讨论和验证，从而激发了人们对人性深入探索的想法。

人们常说，冰炭不同炉，水火不相容。然而，为何在农民的田地上，野草与庄稼会同时出现？对于庄稼地里的野草，农民必须铲除，以确保粮食的丰收，从而维持人类的生存和生命的延续。但粮食与杂草似乎总是同时产生，农民因此需要不断清除杂草。这种现象恰如人性中善与恶的并存，看似矛盾，实则共生。

我有一位学生，大学毕业后仍沉迷于电脑游戏，废寝忘食、昏昏沉沉地过日子。她的父母是我的老友，忧心忡忡地请我出面劝劝。但我在想，她已经如此入迷，劝说真的有用吗？更何况，家长的话她也听不进去。这让我不禁思考，人性中的沉迷与自我放纵，是否也是一种与生俱来的弱点？

天地间有正气与邪气，社会便有善与恶的区分。众所周知，人具有二重性，既有优点也有缺点。换言之，人性中蕴藏着双重性：一方面是真诚与善良，另一方面则是虚伪与邪恶。古人云："人非圣贤，孰能无过？"人的两面性，正是人性的真实写照。我们既有光辉的一面，也有不足的一面。只有学会正视自己的两面性，才能更好地认识宇宙的运行规律，明白世界与万事万物的发展规律。

古代圣人都致力于修炼自身的道德本性，抑制不良习性的滋生，扼杀邪念的萌芽。他们审视自我、反思内心、觉悟本性，直至情绪归于平和。人生确实不易，我们需在不断自我改造的过程中成长，一生致力于做对祖国和人民有益的事情。

但自我改造难在"江山易改，本性难移"。这句话出自明代冯梦龙的《醒世恒言》，意指改变山川地貌相对容易，因为可以通过自然力量和人为因素去改造、革新；而人的本性却难以改变，因为它是与生俱来的内在个性和意愿以及遗传特征，具有稳固性，几乎不受外界的任何影响。骨子里蕴含的喜好与素质，血液中流淌的艺术才华，都不会轻易消失，反而会在岁月淬炼中愈发闪耀。这正是浩然正气孕育卓越灵魂的原因。

古代的《三字经》讲得很清楚，小孩子如果从小不接受教育就容易变坏，这归咎于“养不教，父之过”。到了该读书的年纪，如果孩子变坏了，就会责怪老师“教不严，师之惰”。我们感激古代“昔孟母，择邻处，子不学，断机杼”的故事，孟子的母亲为中国树立了严格教育孩子的典范。为了选择一个良好的环境供孟子学习，她三次搬家，这就是现代人所说的“居善地，依善人，种善根，结善果”。后来，当孟母看到儿子读书不太用心时，就用刀割断了织好一半的布，以此警示孟子，就像人学了一半就辍学，最终将一无所成一样！孟子看到后幡然醒悟，意识到自己如果不努力就会一事无成。由于他的勤奋刻苦与谦虚好学，后来成为孔子的再传弟子，被尊称为“亚圣”。这个故事告诉我们，教育与环境对人性塑造的重要性。

记得三清山书画院院长刘鹏飞老师曾对我说过，他五岁就开始放牛割草，七岁便上私塾读书，背诵过孟子的七篇文章。他的老师是清代的最后一个秀才，称赞他是个奇才，不仅免去了他家的学费，还让他担任学长，教那些学习较慢的孩子。他家境贫寒，经常忍饥挨饿，但他在月光下、白雪的映照下，甚至把萤火虫抓进瓶子里照明，勤奋地看书学习。他的母亲担心他变成书呆子，想让他早点学会做生意来养活全家，因此反对他继续读书，但老师很喜欢他，留住了他。

刘老师才貌出众，对学习的热爱坚贞不渝，任何困境都无法改变他的志向和愿望。他在艰难奋斗中磨砺意志，撰写了一部十万余字的专著《三清山》，该书荣获全国好书二等奖，至今仍受到国内外专家和读者的喜爱。直到晚年，他仍然坚持每天学习和写文章。我也是在父亲和刘老师的熏陶下，逐渐热爱上了文学。就像丑小鸭扛起大旗，虽然跌跌撞撞，但最终还是慢慢成长了起来。至今，我已经出版了五本专著和三本画册，2024年还计划出版两本散文集。刘老师的故事让我明白，人性中的坚韧与毅力，可以战胜一切困难。

孟子，作为孔子之后儒家学派的杰出代表，晚年与他的弟子万章等人一同编写了《孟子》一书，该书共分为七篇。这些篇章不仅详细记载了孟子的政治观点和实际行动，还深刻反映了他的教育理念和生活哲学。孟子的仁政学说植根于性善论，他强调民本思想，并提出了“知人论世”和“以意逆志”的文艺见解。这些思想在《孟子》中得到了充分的阐述和发展。《孟子》作为儒家经典之一，对于大众理解儒家思想的发展历程及其在现代社会的应用具有极其重要的价值。通过阅读这些篇章，我们可以更深入地领悟孟子的政治哲学、教育观念，以及他对个人修养和社会秩序的独到见解。孟子的思想告诉我们，人性中的善良与仁爱，是社会和谐的基础。

历史上，千古圣人如算子般层出不穷，还有曾子等人，他们的思想精髓深深影响了后世。正因如此，苏东坡的诗词中充满了大气磅礴、宽广胸怀的情感，如“大江东去浪淘尽，千古风流人物”和“故国神游，一樽还酹江月”。我们中华民族拥有辽阔的知识海洋、繁衍的人文景象和精湛的国学传承，这是我们民族的骄傲。这些伟大人物的故事，让我们看到了人性中光辉的一面。

在人的内心深处，或许天使与恶魔并存，在矛盾与交锋中共生。就像日月星辰的明暗交替一样，人性的光辉与阴暗也同时存在，无法否认，它们共同塑造了这个宇宙与世界。有时，善良如同阳光般温暖，照亮人性；有时，自私则如寒冰般冷漠，摧毁人性。人的两面性既让我们感受到爱的力量，也让我们感受到恨的残酷，这是人类生命最真实的写照，构成了风云变幻的人性画卷。在我们追求光明时，黑暗的影子也同样会出现，它们相互争斗、相互依赖，共同塑造着我们的性格与行为。因此，我们既要拥抱内心的真善美，也要正视并克服内心的假丑恶。对于所有的行为，用一分为二的观点去理解、分析和借鉴，才恰如其分。

在人性的探索中，我们会发现，无论是善还是恶，都是人间不可分割的一部分，它们共同构成了完整的世界与自我。“鸟择林而栖，人择水而居。”水因善下而滋润万物，智者爱水，因为水中蕴藏着无穷的力量，能让生命繁衍不息，让社会淬炼出精华。“世外仙境水连天”，“面朝大海，春暖花开”，这诚然是一种向上且美好的理想追求和真诚信仰。

人性的探索中既有可爱的，也有可怕的。然而，真理是无法改变的，真理也是在交锋中产生的。“人以群分，物以类聚，道不同不相为谋。”相似的人会相遇，相同的事物会相聚，让我们选择与我们同频的人一起携手前进吧！这就是天地之间最奇妙的规律。

端午节联想

端午节，我踏着朝露，佩戴着平安的香包走向集市，本想精选最浓郁清香的菖蒲与艾叶，哪知早已被抢购一空，让我寻遍街巷。突然，有位老大爷高兴地说我很幸运，还有最后几束清香的菖艾留给我，这让我感激不尽。晌午，我小心翼翼地将这些宝物挂在门外，希望一年的霉气不再闯来。傍晚，我剥开糯香柔软的青粽，热气腾腾，醇香扑鼻。我不禁想起那个在汨罗江畔徘徊的身影——屈原。

读过《离骚》，才懂得屈原的痛。“长太息以掩涕兮，哀民生之多艰”，这样的句子读来让人心头一颤。他的文字像一把锋利的剑，直指人心最柔软处。我常想，若没有遭遇放逐的苦难，屈原或许写不出如此震撼人心的诗篇。这倒印证了“诗穷而后工”的古话。

《楚辞》之美，在于它的奔放与深情。不同于《诗经》的含蓄，《楚辞》如大江奔涌，直抒胸臆。“路漫漫其修远兮，吾将上下而求索”，这样的句子至今读来仍让人热血沸腾。我尤其喜欢《九歌》中的《湘夫人》，“帝子降兮北渚，目眇眇兮愁予”，寥寥数语，写尽相思之苦。

屈原的悲剧，在于理想与现实的巨大落差。他主张联齐抗秦，却被小人谗言所害；心系楚国，却遭放逐江南。读《渔父》，见屈原宁赴湘流，也不愿“以身之察察，受物之汶汶”，这种坚守，在当下这个功利至上的时代更显珍贵。

端午节翻开《楚辞》，更能理解其中的生命况味。“亦余心之所善兮，虽九死其犹未悔”，这种为理想献身的精神，在这个物质丰富的时代，恰似一剂清醒良药。

一缕清风呼唤遥远的记忆，几朵浮云装点生命的绿洲。屈原——您爱恋的香草花果里洋溢着您的生命；您魂牵梦绕的乡愁湖泊里长流着您的血液；您忠于乡情，无奈远逐的诗篇里有着不屈不挠的坚毅。重温端午节，我们敬仰您——一个不屈的文化使者，“苏世独立，横而不流兮”！

这个端午，我在品尝粽子之余，读着《楚辞》，忆起屈原。在这个浮躁的时代，或许我们需要这样的精神回归。毕竟，纪念一个诗人最好的方式，就是阅读他的诗篇，理解他的精神。

第二辑

DI ER JI

数星移

春的絮语

2024年新春，红火喜庆的年味扑面而来，万家团圆时，“家和万事兴”的幸福滋味格外真切。立春后，春风微寒，细雨生凉，但心底的暖意却愈发浓郁，久久不散。春天的使者携着灵动的秀美翩然而至，就像古代四大美女，以沉鱼落雁之容、闭月羞花之貌，迫不及待地想要去点缀大自然。

初春的暖阳温柔地抚过江南，郁达夫笔下的玉山冰溪河畔，白玉兰簇拥绽放，将一袭冰清玉洁的雅致献给人间。红艳的茶花满树盛放，如新嫁娘般娇羞却热烈地依偎在青翠的枝叶间。玉虹桥畔的佛花不负所望，如不凋的金桂绽放着赤诚。最动人的是那些碎金般的桂花，自去岁中秋便执着地绽放，纵历经十年罕见的严寒，仍一簇簇栖在枝头，与料峭春寒温柔对峙。

我沉醉在这片芬芳之中，驻足凝望，轻抚细嗅，频频留影，心中满溢欢喜。这份美好令我顿悟人生真谛，犹如点亮一盏永不言弃的生命明灯。此刻，我文思如潮，提笔纵情描绘这春日的邀约，这永不凋零的优雅风姿，那历久弥新的绰约倩影。

与温馨的春天同频，与呢喃的鸟语花香共鸣。我用岁月煮茶，用文字绣花，为春的使者添上一对美丽的羽翼，编织人间的惠风和畅、欣欣向荣。让每个毛孔都舒张，去呼吸这晴空万里的春意！

春天在哪里

春意盎然，一年四季之中，春为始。春天，标志着一元复始、万物复苏，这既是大自然的杰作，也是宇宙变迁、天体运行的铁律，恒常不变。

人世间涌现了无数赞美春天的诗词佳句：“千枝竞秀春来早，万木逢苏雪尽消”“春江潮水连海平，海上明月共潮生”……这些诗句如繁花缀锦，共绘出一幅生生不息的春之长卷。

春天，真是美好至极！它驱散了严寒，掀翻了雪霜，融化了冰冻，为大地开启播种的时序。农人躬身田间，将新岁的第一抹嫩绿植入沃土，眼眸里已映出来日金秋的丰盈。

春天的生机浸润天地。在著名风景区江西三清山的南部玉台景区，便矗立着一座灵秀雄奇的山峰——女神峰。女神峰曾被称为“司春女神”，现又被称为“东方女神”。女神峰的传说最早由文学家、摄影家、书画家刘鹏飞老师生动描绘，并定格在他 20 世纪 90 年代倾心著述的《三清山》专著之中。

三清山巍然崛起，山壁纵横交错，山峰雄奇险峻，秀美无比，被誉为“江南第一仙峰”。女神手中捧着一对可爱的小青松，眼眸中充满了对儿女成长的殷切期盼。

有时，我的耳畔会回响起北京导演王绍文当年拍摄三清山电视片时那悠扬的歌声：“头顶悠悠仙云，脚踏青山万仞，眉清目秀，和蔼可亲，捧起了世界永远的阳春。眼前日月星辰，心中无限温存，秋也暖人，冬也暖人，缔造了世界永恒的阳春。”啊！千古长存的一尊女神，情也弥深，意也弥深，多少儿女站在你面前，都会想起慈祥的母亲……

春天驻留在每一个热爱它的人心中。它栖在孩童澄澈的眼眸里，漾在学子墨香的书页间，融在青年奋进的热血中，更镌刻在银发智者“老骥伏枥”的毕生坚守里。

春风拂柳，万缕青丝临水起舞，溪光潋滟间流淌着诗意的涟漪。金色年华，就诞生在春的自然、春的生发、春的运动之中。它如甘霖滋润着文艺追寻者的心田，给予他们一片倾情于诗词歌赋的绿洲，让他们的心灵得以栖居、徜徉。

草　根

草根，顾名思义，便是深扎泥土的草茎根系。在苍茫天地间，这些看似卑微的生命却能在悬崖绝壁、旷野平畴中倔强生长。它们不事张扬，却用连绵绿意诠释着“厚德载物”的真谛；虽非栋梁，却与嘉木繁花共享雨露阳光，吞吐天地灵气。

当这个词移植到现代社会，便成了最基层民众的代名词。这些不慕荣利的普通人，守着“一箪食一瓢饮”的朴素追求，用布满老茧的双手托举起整个社会的根基。历史长河奔涌向前，我们永远不能忘记这些默默的奠基者。

他们就像故乡田埂上的蒲公英，根系永远牵系着故土。离不开春种秋收的黑土地，舍不下邻里乡亲的烟火气，忘不了父母佝偻的背影，更割不断与祖国血脉相连的脐带。正如小草以新绿回报春晖，他们总将滴水之恩化作涌泉相报。即便他日青云直上，记忆里也永远珍藏着故乡的泥土味、月光下的促膝长谈。

我们北大荒人正是这样的草根族群。在“天苍苍，野茫茫”的荒原上，一代代拓荒者以锄为笔、以汗为墨，将“北大荒”改写为“北大仓”。那些沾满泥土味的文字，那些战友间的促膝夜话，何尝不是最动人的史诗？无论是歌舞摄影还是诗文创作，都浸透着黑土地的厚重。当五湖四海的荒友重聚，白发与青春对话，新时代的读者终将懂得：正是这些“草根”用青春犁开了文明的冻土。

草根文学是大地的心跳。当犁铧翻开的泥土还在蒸腾热气，那些沾着露珠的文字已开始在田垄间生长。就像丁玲笔下《我是一棵小草》里那株谦逊的绿意，真正的创作永远向着土地弯腰。于是我的画笔开始追逐田间地头的笑靥，墨色里渐渐混入泥土的芬芳。若能以艺术浇灌民心田野，便是对艰苦奋斗精神最好的传承。

看呐！草根群体正似春潮带雨，在新时代卷起千堆雪。他们甘当百花盛开的沃土，愿做宏伟大厦的基石。白居易吟诵的“野火烧不尽”的草原，此刻正在神州大地上蓬勃生长。那些深扎大地的根系，终将托起参天的梦想。

金秋的丹枫

金秋时节，一株苍劲的枫树在湛蓝的北国天空下傲然挺立。岁月流转，风起云涌，它仿佛在低语着那山、那水、那悠悠岁月，诉说着四十余载沧海桑田的变迁，见证着林海雪原的博大胸怀。这株枫树，正是北大荒人历经磨难却从容不迫、百折不挠、砥砺前行的精神象征！

历经数十年风霜雨雪的金秋丹枫，依旧傲然屹立。它那金红的叶片铺满大地，而树身依然精神矍铄地俯瞰着广袤原野。它聆听着远山传来的悠扬歌声，眷恋着那些热血澎湃的青春岁月，感恩着那些屯垦戍边、如钢铁般铸就边疆长城的英雄儿女。

这株年迈的枫树，依然静静地伫立在黑龙江畔，凝望着江水奔涌、惊涛拍岸的壮阔景象。一叶扁舟悠悠驶来，承载着一代代拓荒者可歌可泣的动人故事。清澈的江水啊，你曾哺育了无数英雄儿女。而今，你又见证了他们如雄鹰般展翅翱翔，见证他们不忘初心、尽展才华。

亲爱的老伙伴——天边的白云与岸边的丹枫，你们可曾看见，那山、那水、那些人，是怎样在这片昔日的黑土地上生根发芽、开花结果？老知青的足迹已深深烙印在今日的北大仓，他们的故事，将永远镌刻在这片热土之上。金色的枫叶，在东方绚丽的朝霞中熠熠生辉。

我们的老知青们伏案疾书，常常通宵达旦。“艰难方显勇毅，磨砺始得玉成。”正如真金需要烈火淬炼，这些志在千里的老知青们，永远铭记着当年建设边疆、培育根基、铸就灵魂的峥嵘岁月，永远保持着为祖国和人民无私奉献青春的满腔热忱！

岁寒三友

不经彻骨寒，怎识春风暖？思绪流转间，松的坚毅、竹的虚怀、梅的傲骨，便悄然浮现眼前。这“岁寒三友”以刚毅、清雅与高洁，诠释着“志同道合”的深意。它们不仅是君子之交的象征，更是师生之间那份历经风霜而愈显珍贵的情谊。

午后暖阳正好，东风和煦。我请刘鹏飞老师为我解读“岁寒三友”的深刻意蕴。我们的谈话在冰溪河畔的画室展开，西窗透进的阳光穿过天蓝色玻璃，将整个空间映照得明亮温暖。刘老师端坐案前，眉宇轩昂，目光炯炯有神。他扶了扶眼镜，略作沉思，便从容道来：“岁寒三友，即松、竹、梅。千百年来，中华文明始终推崇这三种植物所象征的高洁品格与坚韧精神，赋予它们人格化的崇高礼赞。”

随即，他详细讲解了松树所蕴含的意义，我凝神静听。他说道：“要真正领会‘松树的风格’。你看那高山之巅的苍松，直面狂风骤雪，笑对酷寒严霜，始终保持着刚正不阿、百折不挠的品格。纵使天地变色、风云变幻，它依然傲骨铮铮，巍然屹立！”我不禁赞叹：“这分明是泰山崩于前而色不变的浩然正气！”难怪陈毅元帅当年会写下“大雪压青松，青松挺且直。要知松高洁，待到雪化时。”这般掷地有声的诗句。

接着，他继续讲述：“自然界的松树浑身是宝，其中最为人称道的便是其消炎杀菌的功效。松树的种子即便飞落在岩石缝中，也能生根发芽，全靠天地间的灵气与雨露滋养成长。”我迫不及待地接话道：“仰之弥高，钻之弥坚，青松不老，根深蒂固啊！”刘老师接着说：“正是如此！三清山上就有天罡松、黑虎松、姐妹松，还有凤凰松、孔雀松、鸳鸯松、并蒂松、探海松、独秀松等等，神奇遒劲的松树数不胜数，三清山的万松林真是美不胜收！”刹那间，我俩仿佛置身于云海松涛之中，悠然回想起当年刘老师所描绘的“松林月色”，那是最令人陶醉、美妙绝伦的三清山夜景……

“接下来，我们聊聊竹子的隽秀挺拔风格。”刘老师目光炯炯，继续讲述，“竹，自古被誉为君子之友，文人墨客常借其喻示高洁品格。它中通外直，宁折不弯，从不曲意逢迎。清代郑板桥为官时清风两袖，尤爱画竹，更心系黎民。一生安贫乐道，致仕归乡时仅携书一担，虽家徒四壁，却风骨铮然。”

我感慨地吟诵起一首诗："咬定青山不放松，立根原在破岩中。千磨万击还坚劲，任尔东西南北风。"

刘老师接着说道："板桥一生正如这修竹，宁折不弯。纵使竹节碎裂，其气节亦不可夺……"

此时，我与刘老师共饮一杯清香如竹的云雾绿茶，甘苦交织，其乐无穷！

"好，接下来，我讲讲梅花的风格。'墙角数枝梅，凌寒独自开。遥知不是雪，为有暗香来。'梅花清雅高洁，不屑与凡花争春斗艳，更不肯屈就檐下随意绽放。偏要待到大雪纷飞、数九寒天之时，方肯展露芳华。当百花凋尽、万木萧疏之际，它却傲雪凌霜，在凛冽朔风中粲然盛放。那铁骨丹心，铮铮傲骨直指云霄。做人处世，正该效法梅花的这般风骨。昔年林和靖以梅为妻、以鹤为子，终成一代隐逸高士。"

我听得如痴如醉，不由得想起两句古诗："宝剑锋从磨砺出，梅花香自苦寒来。"梅花啊梅花，你孤芳自赏，幽香低回，仿佛不食人间烟火，质本洁来还洁去！

刘老师继续深情地讲述："梅花的精神在淡雅的古典诗词中得到了完美的体现，'疏影横斜水清浅，暗香浮动月黄昏'。"

我也感慨万千，想起另一首古诗，并略作改动："红萼无言耿相忆，江空难渡一剪梅……"

刘老师的这一堂课精彩纷呈，一席话寓意深远，令人心潮澎湃。室外北风凛冽，画室内却暖意融融。墙上的“岁寒三友”栩栩如生，三清山松涛云海图行云流水般铺展，仿佛将光明与希望都凝驻于此。师生情谊恰似这岁寒三友，浓淡相宜中见深厚，令人回味之余，更将这份崇德尚义永铭心间。

在人世间，真正的君子如梅，傲骨铮铮却暗香盈袖；贤人似雪中寒蕊，虚怀若谷更显风骨；强者若老梅着花，温润如玉而风姿凛然。他们以梅为镜，在严寒中绽放光华，以暗香度人，以风骨立世，这般冰魂雪魄的品格，最是令人感动。

近日，我惊喜地收到了失联二十载的上海摄影家、诗人蔡邦彦先生寄来的作品集。他不辞辛劳，通过网络传来一组以“松竹梅”为主题的摄影与律诗佳作，技艺精湛，意境高远。恰逢此时，上海市知青历史文化研究会的文友来电约稿，邀我创作关于艰苦奋斗题材的作品。更令人感动的是，蔡先生还特意为我的山水画题写了数首格律诗，笔墨精妙，情谊深长。与此同时，老同学胡仲琏从上海爱心团队传来问候。她告诉我，朋友们一直挂念着我的健康状况和艺术创作，叮嘱我不要过度劳累。

“君子之交淡如水”，这些年来，正是靠着这些才华横溢又情深义重的朋友们的支持，我才能在艺术道路上坚定前行。接连而至的温暖关怀，让我倍感珍惜，更需细细体味其中的真情。

汲取天地灵韵，涵养生命根基，润泽万物生机。正如雨露滋养禾苗，愿“岁寒三友”的高洁风骨，伴我们砥砺前行。祈愿松竹梅之精神，如旭日般前程锦绣，沐春风而行，伴暖阳而生，永驻这片喜乐安康、幸福美满的精神家园。

极目远眺，“满堂皆君子之风，万古对青苍翠色”，此情此景，令人心旷神怡。

第三辑 DI SAN JI

拾年痕

常州艺术之路

1/ 走向文化荟萃地——常州

让我们轻轻地推开那扇记忆的窗扉，细细地拨动时光的琴弦，漫溯岁月长河，聆听那些风雨同舟的悠远回响。

回溯至 1986 年的炎炎夏日，我进入市内赫赫有名的常州市工艺美术雕刻厂就职。最初，这份工作并未引起我的兴趣——那里主要从事出口产品的绘画加工。然而机缘巧合，领导将我调至技术科从事绘画工作，这个看似平常的调动，却意外地为我打开了书画艺术的大门。更令我感恩的是，在这里我遇到了毕生挚友沈安丽女士，我们在创作中相知相惜，她那如春风化雨般的鼓励与陪伴，成为照亮我艺术长路的明灯。

那段在常州工艺厂的三年韶华，似一方古朴的砚台，默默研磨着我艺术生命的底色。它不仅奠定了我书画的专业根基，更在潜移默化中完成了对我艺术人格的塑造。这段看似短暂的常州岁月，却以最深刻的方式重构了我的艺术人生。在这里，我得以叩开高雅艺术殿堂的大门，与众多良师益友切磋琢磨；在这里，理论与实践的交融让我得以博采众长，最终觅得自己的艺术语言。至20世纪80年代，我先后获选为市美术家协会会员、中国书画研究院研究员，更以优异成绩毕业，荣获无锡艺专与中国书画大学两所院校“优秀学员”称号。这坛历经岁月陈酿的艺术醇醪，其芬芳至今萦绕心间，愈久弥香。

“前人栽树，后人乘凉”，这座拥有六十载春秋的工艺厂，承载着源远流长的文化记忆。它的历史可追溯至手工业时代，那时它便以精湛的篆刻技艺而闻名遐迩。改革开放后，工艺厂更以创新之姿，将传统工艺与现代审美相融合，首创“白云石”屏风系列。我们的中国画屏风工艺品以其独特的东方神韵，成为中外文化交流的使者。至今难忘在上海外滩友谊商场的场景：各国友人驻足屏前，或凝神细赏，或击节称叹。“中国的艺术瑰宝，物超所值！”其中不乏我们工艺厂的精美之作，这让我感到与有荣焉！

工艺厂坐落在瞿秋白纪念馆的斜对面，两者之间隔着一条宽阔的大马路。厂房紧贴马路，坐南朝北，是一幢现代风格的四层长方形建筑，占地面积约 600 平方米。初见之下，粉绿色的外墙与两扇鲜艳的红大门相互映衬，别具一格。底层设有走廊、值班房、简易的蒸饭烧水房、供销科以及仓库。一踏入厂房，便能感受到潮湿与阴凉的气息。从二楼到三楼，房间呈 N 形分布，人来人往，热闹非凡。

四楼阳台上扩建出的约 40 平方米的空间，便是我曾经工作的技术科。这个略显简陋的工作场所，却汇聚了一批技艺精湛的匠人：一位德高望重的老科长，带领着五六位各怀绝技的科员。室内陈设极为简单：几张斑驳的工作台、几把老旧的木凳，以及一间用木板隔出的照片冲洗暗室（专用于处理黑稿任务）。但正是在这样朴素的环境中，我们每个人都将自己的专长发挥到极致：有人精于制图，有人专攻屏风样板绘制，有人擅长摄影，而我则潜心于宣纸山水创作。我们的作品后来都成为厂方馈赠贵宾的珍品。特别值得一提的是，老科长以其数十年的工艺经验，起到了至关重要的“传帮带”作用。

站在四楼眺望，眼前的景象令人心旷神怡。马路宽阔，两旁耸立着一排排高大的梧桐树，它们粗壮的枝丫向四面八方伸展，仿佛在热情地召唤着行人。一片片宽大的绿叶层层叠叠，为路人提供了遮阴挡风的凉爽之地。置身于婆娑的树荫之下，深吸一口新鲜空气，顿觉心肺清润，心情也随之安定下来。

望着那四通八达、车水马龙的街道，不难感受到常州这座城市的深厚人文底蕴和繁华的商业氛围。这里有宋代大文豪苏东坡的洗砚池和清代乾隆皇帝的舣舟亭、碑林以及他下榻过的天宁寺，这些历史遗迹见证了常州的悠久历史。此外，清代画家恽南田的故居也坐落于此，为常州增添了浓厚的艺术气息。常州还走出了革命先驱瞿秋白、张太雷等时代英杰，而当代书画巨匠刘海粟的豪迈、谢稚柳的隽永、谢伯子的清雅、吴青霞的灵秀，不仅续写着常州艺术的华章，更让这座江南名城的人文光辉闪耀世界。

雕刻厂的工艺车间位于厂房的西南面，隐藏在一条名为“西瀛里”的小巷深处。小巷的青石板小路一侧，是一座大院，院内两旁是百姓人家的杨柳依依。灰墙青瓦在垂柳轻拂间若隐若现，流转着岁月沉淀的缱绻情致。那随风摇曳的柳丝，仿佛在诉说着半个多世纪以来工艺厂的历史故事。

工艺车间看似只是寻常的民居天井与二层小楼，实则是承载着数代匠人智慧结晶的艺术殿堂。斑驳的古宅院落里，工匠们以岁月为砚，以匠心为笔，在每一道工序中倾注着对传统工艺的虔诚。工艺美术绝非简单的重复劳动，而是融汇了技艺、审美与心血的创造性传承。丝网印刷车间里，化学溶液在能工巧匠手中幻化成流光溢彩的印版，经过精雕细琢，最终蜕变为栩栩如生的塑料工艺装饰品。这些精美绝伦的作品不仅装点了千家万户的墙面，更将东方美学传播至世界各地。上光车间则是白云石画作的点睛之笔。经过匠人们的精心打磨，配以仿红木镜框的典雅装裱，这些凝聚着中华文化精髓的艺术品，便以最完美的姿态走向国际舞台，成为传播中国传统文化的重要使者。

画坊，这座现代风格的二层小型建筑，是专为中国画创作而设的艺术空间。踏上二楼，穿过一段走廊，眼前豁然开朗：宽敞明亮的画室宛如艺术殿堂，奶黄色的课桌椅与素白的墙面相映成趣，营造出既庄重又温馨的创作氛围。在这里，十来位年轻画师正专心致志地绘制着屏风。他们的桌上摆放着国画颜料与文房四宝，那些细如针的画笔，在他们手中轻盈流转。墨色晕染间，四季山水渐次浮现；笔锋转折处，梅兰竹菊跃然纸上。若没有扎实的笔墨根基与艺术修养，是很难在这里立足的。

我自幼便对工艺品怀有浓厚的兴趣，而今目睹这些画作，更是沉醉其中，难以自拔。于是，我虚心向大师们求教，渴望掌握用笔、用线、用色的精髓。然而，这些技艺无一不是经过长年累月的实践磨炼方能炉火纯青。在这里，我的眼界得到了前所未有的拓宽，学会了甄别优劣，更深刻地领悟到了民间工艺那令人震撼的魅力。

在工艺领域站稳脚跟，并获得社会的广泛认可，又岂是易事？唯有虚心向行家请教，方能有所建树。因此，我收敛了自己原本放纵不羁的水墨画风，沉下心来，一丝不苟地跟随大师们学习。孙雯雅悉心指导我如何描绘仕女的面部，她告诫我，务必先勾勒眉毛、鼻子、嘴巴，再着手眼睛与面部的整体渲染，否则五官易失协调，人物形象便会大打折扣。我亲眼看到她仅凭一瓶清水、一块白纱布和几支精致的毛笔，便能创作出清新脱俗、宛如瓷画般透明的佳作，令我羡慕不已。李武，这位刻章高手，同时也是我在无锡艺专的同窗好友，他直言不讳地指出我山水画中水分运用的不足。在此，我深深感激当年工艺厂的老师傅们，他们倾囊相授，使我受益良多。

某日，厂领导与我商讨，是否能用我擅长的宣纸画风来创作屏风，以期改变以往重彩甜腻、俗套刻意的风格，转而追求水墨的淡雅之美，从而拓宽市场。我欣然应允，尝试之后，果然取得了不俗的效果。然而，当领导请老工艺师科长发表意见时，他却大为光火，质问道："我们传承了那么久的传统，难道要由她来颠覆？何谓水墨？"我深知老艺人的不易与艰辛，革新之路自然会遭遇阻力，而创新技法更是困难重重。遗憾的是，我所钟爱的绘画风格，始终未能得到这位老科长的赏识。

尽管如此，厂领导仍对我寄予厚望，委以重任。不久后，我有幸被选派赴上海学习当时最先进的照排技术。那些庞大的排版机作为计算机的前身，代表着印刷技术的未来方向，在技术科的发展蓝图中占据着重要位置。与此同时，我始终铭记，国画艺术作为中华文明的活态传承，其精髓正在于师徒相授、薪火相传。令我倍感荣幸的是，厂长还安排我为厂里贫困职工子弟教授绘画。正是在这样朴素而真挚的教学相长中，我深切体会到，中华文化艺术的千年传承，正是依托于这般润物无声的言传身教，在平凡中见伟大，于细微处显精神。

随后，承蒙陈老师的推荐，我的国画作品《孔子像》与《荷花观音像》有幸在上海的中日文化交流展会上展出。展会期间，日本孔教学会上川路理事长对我的作品青眼有加，亲自将画作悬挂于展厅显要位置，并对《孔子像》赞不绝口，当即召集与会嘉宾合影留念。更令我荣幸的是，在孔子第78代嫡孙、上海孔教协会孔令鹏老会长的见证下，这幅作品作为国礼赠予日本孔教协会，由其永久珍藏。

可以说，在常州工艺厂的那段日子，是我艺术生命中最富成长性的黄金时期，为我日后步入艺术殿堂奠定了坚实的基础。

2/ 朋友满天下 安丽最难忘

1986 年的三夏，烈日炎炎，天空湛蓝。那是我职业生涯的第一天，有幸邂逅了沈安丽女士。在技术科的角落里，她独自坐在斜面写字台前，全神贯注地描绘图纸，制作样品。她身着一袭蓝白小方格子连衣裙，白色小翻领尤为清新雅致。我推门而入时，她微笑着起身相迎，那双大眼睛闪烁着聪慧与善良，透出一股书卷气息。她的身材匀称，脚踏一双白色中跟凉鞋，更添了几分挺拔与端庄。作为上海人，她竟能讲一口流利且软糯的常州话，令人倍感亲切。她的肌肤白皙细腻，整体给人一种温婉贤淑、沉稳大气的印象。

初来乍到，能偶遇上海老乡，实属幸运。我们自然而然地攀谈起来："你家住哪儿？""上海嘉定。""你家呢？""上海南京路。""那里购物真方便。""是啊，非常方便！""那你现在住哪儿？""戚墅堰，阿姨家。""怎么住得这么远？"我一时不知如何作答，只见她脸上泛起了红晕，笑出了声，那腼腆而又兴奋的神情，让我感受到了她对同事的满意与喜悦。有这样一个好同事相伴，真是人生一大幸事。

她注意到我还站着，便顺手拉过一条长凳，请我坐下，并指着里面的一张桌子说："那是你的办公桌，条件简陋，将就一下吧！"我心中暗自赞叹：我已 36 岁，而她不过 27 岁，竟有如此成熟稳重的气质。我憨笑着回应："没关系的，我调来这里很不容易，什么条件都能适应！"就这样，无论是吃饭、午休还是工作，我们都在这间办公室共度时光。身旁的白墙，就成了我挂画展示的最佳位置。

安丽是厂里公认的制作黑稿的高手，独一无二，因此每天来找她催稿、对稿的人络绎不绝。那时，电脑尚未普及，制作字体全靠照相，过程缓慢且烦琐，加之相片冲洗也存在不确定性，需要极大的耐心。安丽正是这样有耐心的人，更有持之以恒的精神，对待工作始终一丝不苟。无论是广告、招牌、机械图纸还是地图，她都能处理得井井有条，从未出过差错。令人称奇的是，即便在赶制急件的紧张时刻，她依然能气定神闲地轻啜着茉莉花茶，时而哼唱几句吴侬软语的童谣，将枯燥的暗房工作化作一场艺术修行。

我问她："安丽，这么多烦心事，你不觉得头痛、心慌吗？"她沉思片刻，眨了眨眼睛，幽默地回答："我最初在嘉定造船厂技术科描图，那是赖以生存的工作，怎么能厌烦呢？十年下来，我已经习惯了，没有什么可以让我急躁的。越急越容易出错，哪怕是一分一厘的差错，都可能影响整个工艺流程，浪费人力财力，那可不划算。”她吐字清晰，以常州慢板的雅声娓娓道来，让人感受到一种温和的力量。这场对话，让我意识到自己的浮躁。

安丽的含蓄与沉稳，为我今后冷静地工作与生活提供了一剂“定心丸”。当我开始自省时，我不禁自问：为什么我不能像她那样有定力地工作？反思之后，我发现问题出在自己书读得太少。安丽读过很多好书，这是外部条件。更重要的是她内心深处那份默默无闻、执着求知的态度。跟着安丽学习，我逐渐领悟了什么叫与世无争、安分守己、勤恳工作、严于律己。

蓝莹莹的天，清凌凌的水，仿佛“智慧女神”在安丽很小的时候就引领她来到了鱼米之乡——常州。在慈祥的外婆的呵护下，她茁壮成长，聪慧懂事。

后来安丽的外婆为她与常州的金诚同志牵起了红线，这段姻缘恰似天作之合，将“缘”字的真谛诠释得淋漓尽致。金诚，一个充满血性与阳刚的男子，有着一股仗义相助、慷慨大方的气度。在他宽厚臂膀的呵护下，安丽得到了被珍视的幸福。

常州的深秋，天空湛蓝，白云悠悠，丹枫如火，潇洒飘逸。市中心的文化宫广场，芳草萋萋，绿草如茵，是我与安丽常去散步漫谈的地方。她搀着我的手，我搭着她的肩，我们一同仰望那金秋时节的枫叶逸韵。她沉醉其中，轻声说道：“七芝，如果文学家来此，定能写出好文章。”我回应道：“确实，我的老师最擅长写散文，文笔优美极了。”“文学家真是伟大，他们是人类灵魂的工程师，心灵纯洁，情感丰富，他们总能道出无尽的做人道理……”听了安丽的话，我重新对文学家产生了敬仰之情，也佩服安丽能有如此深刻的领悟和“觉心”。

世事无常，风云突变。作为单身女子的我，时常会遇到各种困难和困惑。在那些无法自救的苦恼时刻，总是安丽与金诚无私地伸出援手。无论是我生病还是遇到急事，他们总是毫不犹豫地为我排忧解难，比如送我去医院治病、帮我搬家等，每一次相助都毫无保留，每一份关怀都发自肺腑。对于他们给予的温暖和帮助，我非常感恩。如今，23 年过去了，我们依然守望相助，在人生的长河里同舟共济。。

静谧的夜晚，常常是我与安丽互发信息的珍贵时刻。她总是千叮咛万嘱咐地叫我多保重。我爱读她笔下那些如清泉般流淌的文字，时而似春风拂面，时而如秋雨润心。每每收到，我必会郑重其事地将这些锦绣文章誊抄在笔记本上，反复品读，仿佛能透过文字，读懂她落笔时那份细腻的情思。

拂去岁月的尘埃，才惊觉，20 多年的分别并未让我们的思念褪色分毫。安丽在 50 岁退休后，第一时间选择来看望我，地点定在了风景秀丽的三清山。

那是 2009 年 4 月的一个美好的日子，春雨悄无声息地滋润着大地，草木舒展，万物萌动。金诚、安丽与文文，一家三口驱车远道而来，雨丝绵绵，如同我们的友情一般绵长。他们带来的不仅是珍贵而精致的礼物，更是一份沉甸甸的情谊。在这般暖意融融的重逢中，世态炎凉的感慨、退休生活的怅惘，都被这种“风雨故人来”的温情所融化。6 小时的短暂相聚，却带来了长久的喜悦，就像那绵绵春雨般滋润心田，像绿茶般清新，让人久久难以忘怀。

回望记忆的深处，那些被时光定格的画面依然鲜活如初。常州古韵悠长的篦箕巷里，千年檀香在斑驳的砖瓦间流转，那缕缕幽芳穿透岁月，至今萦绕在心头。每当思绪飘回那条老街，胸中便漾起一阵微醺般的暖意，犹如啜饮美酒，令人陶醉不已。

3/ 感悟

光阴荏苒，然而那些朴素而真挚的相聚时刻，却始终萦绕心间，如同江南烟雨般朦胧缠绵，又似山涧清溪般淙淙流淌。每当我在玉山画阁凭窗挥毫，描绘三清山的云蒸霞蔚，书写常州城的文脉风流时，安丽那典雅的身影总会浮现在墨韵之间。她身着素衣在雕刻厂专注工作的模样，我们共同探讨工艺之美的晨昏，都化作笔底最动人的风景。往昔记忆历久弥新，当下生活亦充满温情。我常怀“吉人天相”的信念，遥祝安丽阖家与我的诸位良师益友生活幸福美满。

人海茫茫，但友谊却永存心间。让我们退休不退志，在生命长河中追寻属于自己的浪花飞溅与桨声欸乃。恰似京杭运河上那些不疾不徐的帆影，无需追赶潮汐，不必竞逐风波，只以从容之姿破浪前行，让我们继续前行在人生的航程中，享受每一个美好的瞬间。

常州的友情与感悟

1988 年那个溽暑难耐的夏季过后，当第一缕秋风吹散闷热，我的人生也迎来了转机——在异乡漂泊二十载后，三十八岁的我终于等到了调回上海老家的契机，得以与阔别多年的父母团聚。接收单位是上海市某区总工会，紧接着，期盼多年的“对调”也终于落实，这意味着我将重返我日思夜想的故居。

时光仿佛被无限拉长，每一秒都如同匠人手中的砂纸，缓慢而磨人地磋磨着焦灼的心。那些日子，紧绷的心弦几乎要断裂，每个晨昏都漫长得令人窒息。就在这仓促拼搏的滋味尚未品透之际，返程常州的时限却已近在咫尺。然而我知道，即便再度踏上常州的土地，那里的一草一木仍会令我沉醉——青果巷的斑驳砖墙会继续诉说千年文脉，天宁寺的晨钟暮鼓仍将涤荡尘心。我会将这座城市的温情与禅意，读成一首魂牵梦萦的长诗，写成一部情深义重的传奇……

在常州，令我最难忘的是美协和中国画研究会的众多老师与同仁。丁德源老师、戴孟清老师、邵遐远老师等，都是我深深敬重与仰慕的人。尤其是恩师谢稚柳大师的侄子、书画家谢伯子，他待我就像师兄妹一样关怀备至。他特别欣赏我的才气，曾把我的书画论文抄录下来。

在常州，引领我走上书画艺术之路并助我加入市美协的恩师是丁德源先生。他的人生轨迹令人敬佩——从乡间务农到考入安徽歌舞团从事舞美工作，始终勤学苦练，以谦逊进取的态度铸就了辉煌的艺术人生。

丁老师不仅德艺双馨，更以宽厚仁爱的品格著称。他热心提携后进，是常州美术界数十年来被行家认可的美协主席，至今仍广受赞誉。其家族三代艺术家在江苏久负盛名，丁府“严家教、重艺德”的家风尤为世人称道。

师母周亦红女士及其双亲周文龙、谢焕华老师皆是杏坛楷模，待我如亲人。因为和我住得近，怕我孤独无助，经常邀我到他们家吃饭聊天解闷。师母的哥哥周可新先生精于陈式太极，为人侠义，与我志趣相投，常互赠书刊切磋文墨。更难忘周老引荐我赴西藏民族中学任教，让我既获生计，更收获了珍贵的情谊——与师生欢度节庆、获赠圣洁哈达、临别相拥而泣的温暖记忆，至今珍藏于心。

20 多年过去了，往事却历历在目，清晰如昨。2011 年那个春天，丁德源老师与师母周亦红携常州友人专程赴三清山探望我们，不仅带来了家乡美酒，更带来了丁老师从西画转向水墨创作的惊艳佳作。那一幕幕温馨场景恍如昨日，他们神采奕奕的笑颜、谈艺论道的豪情，将“文人相重，情谊长存”的古韵演绎得淋漓尽致。这份胜似春潮的深厚情谊，至今仍在心间激荡着温暖的涟漪。

笔锋轻转，时光倏忽回到 1988 年的金秋。得知我将离厂的消息，工艺厂技术科的同事们——沈安丽、章淑华、荆亚萍、许建勋、尤功诚等七八位挚友，执意要合影留念。这些年来，我们朝夕相处却从未红过脸，此刻更不忍匆匆话别。大家相约到厂对门的瞿秋白故居纪念馆门前留影（因为那是我们辛苦排版做成功的项目），夕阳的余晖为青瓦披上金纱，也温柔地抚过我的面庞。恍惚间，我仿佛感受到先烈未竟的事业正在我们心中重燃。双脚不觉稳稳扎根大地，还有什么比薪火相传、矢志践行先辈遗志更令人心潮澎湃、倍感荣光的事呢？

随后，我们兴致勃勃地赶往即将新婚的孙雯霞家中继续拍摄。多亏了章淑华的摄影技艺，为我们定格下这珍贵的时刻。雯霞温婉秀丽，笔下仕女图栩栩如生，难怪深受大家喜爱；沈安丽沉稳内敛，总是眉眼含笑，那对灵动的眸子更添几分慧黠。

化妆师小孙为我们精心装扮，素雅的妆容衬得每个人如绽放的春花。大家精心挑选着各色服饰：有中西合璧的典雅，有古风盎然的端庄，也有洒脱飘逸的时尚。平日里素简惯了的我们，此刻都尽情展现着最美的模样。想到即将天各一方，再难朝夕相处，这些定格的瞬间便成了最珍贵的纪念。

我们移步至仿古街区,在“彩凤双飞翼”的牌坊下纵情欢笑，于“花市街”的古韵中定格倩影。这里依傍千年运河，沉淀着常州六百余载的人文精华——篦箕巷的石碑镌刻岁月，“天女”飞虹横跨古今，乾隆舣舟亭静观流水，东坡洗砚池墨香犹存。

汉白玉古桥上，我们衣袂翩跹，暂忘尘劳。多年来积压的生活重担在此刻烟消云散，唯有纯粹的欢愉在心头荡漾。感念同游挚友，更感谢这运河胜境赠予的芬芳记忆。驻足细观，那雕梁画栋的楼宇间，谢稚柳先生题写的“花市街”匾额清雅脱俗，先父杨志翔所书“云集楼”行草气势磅礴，与众多书画大家的墨宝共同构筑着永恒的艺术长廊。尤当致谢师弟当年主持古街改建时的殚精竭虑，虽往事已矣，终成绝响。惟愿此情可待成追忆，纵隔千里，犹共明月清辉。

那年的深秋，景色无限浩渺而艳丽，一派澄青蔚蓝的天空上，流动着一朵朵晶莹剔透的白云，它们变幻莫测，时而化作振翅的鸿鹄，时而舒展为绽放的琼花，转瞬又幻作叠嶂的远山。

大自然仿佛是技艺最精湛的绣花娘，美得令人目眩神驰，难以忘怀。凝望这变幻的云图，不禁深思：人心若也能似这秋空般澄明，如云絮般纯净，该是何等境界？造化无言，却以最动人的笔触，为我们勾勒出心灵应有的模样——坦荡如长空，自在似流云。

青春火花　回眸闪烁

2008 年 9 月 13 日，是我们上海知青奔赴北大荒四十周年的庆典之日，恰逢中秋前夕，秋风送爽，高天白云间氤氲着一派金桂飘香的馥郁，令人沉醉在这沁人心脾的秋意里。

一清早，我怀揣着对欢聚的期待，带着我心爱的横笛以及我的散文《盼望这一天》，与我的老同学、北大荒战友童柏晋一同驱车前往聚会地点。走进聚会大厅，万千思绪如潮涌来：风雪弥漫的北大荒往事在记忆中翻涌，青春岁月里闪烁的情谊历历在目，那些在冰天雪地中患难与共的“星火”战友们的身影愈发清晰。对老友们的思念在此刻化作眼底的温热，一颗颗泪珠悄然滚落，打湿了我的脸颊……

待心绪稍定，我缓缓环视这方二十余米长的接待厅。猩红地毯在脚下延伸，淡雅的米黄色墙面与顶棚相映成趣，璀璨的银光灯将大厅正门映照得熠熠生辉。驻足其间，恍若漫步艺术圣殿。最令人动容的是，王国明、乔建新等战友早已将我创作的六幅北大荒水墨组画精心装裱，此刻正悬挂于左侧最为醒目的第一栏。右侧依次陈列着丁红军的木刻与油画、陈万樑的西画、柏晋的摄影佳作，以及诸多战友的书法篆刻作品。整个展厅墨香四溢，丹青流彩，令人目不暇接。

老友们如潮水般涌来，欢笑声与呼唤声此起彼伏。我们相拥而泣，千言万语都化作滚烫的泪滴。特别是与六连的张蓓芬、团部的柳尧孟、钱伟青等初次相见的战友，还有中学同窗全红、黄惠容等故人重逢，更让人情难自已。最令我惊喜的是，热心的曾毅帮我寻回了宣传队的患难之交巢文琴、庄建等人。闻讯那一刻，我几乎要雀跃而起！当即与她们约定，定要在金桂飘香的时节重聚。后来我们果然如约而至，在沁人的桂花香中重温往昔情谊。

上午 10 时整，两百位知青陆续入座。我选择了靠近大门的第一桌，与战友们一同翘首望向主席台。朝南而设的弧形舞台并不高，四周环绕着苍翠欲滴的万年青盆景，营造出庄重而温馨的氛围。舞台东侧斜置着一张约一米长的演讲台，简约大方。最引人注目的，是舞台后方那幅鲜红的横幅，白色的“永久的怀念——走进五大连池知青四十周年”大字在灯光下熠熠生辉。凝视着这行文字，四十年前北大荒的风雪仿佛穿越时空扑面而来，那些青春岁月里的点点滴滴，此刻都化作了真实的感动。

大屏幕上，正播放着由王国明、童柏晋等人自筹资金制作的《永久的怀念》北大荒专题纪录片。王国明浑厚的解说声回荡在会场，史料翔实而情感丰沛，字字句句都饱含着对那片黑土地的深情。虽然“八千里路云和月”的豪情已随岁月沉淀，但镜头里记录的，依然是北大荒人用青春书写的壮丽史诗。我们屏息凝神，目光久久停留在画面上。那些泛黄的影像里，年轻的拓荒者们正挥汗如雨：开垦荒原的锄头起起落落，伐木的锯声回荡林间，单薄的身影跃入刺骨的冰河，寒冬腊月里在五大连池破冰捕鱼……他们将热血化作春泥，用汗水浇灌希望，让青春的火种在这片荒原上熊熊燃烧。

看到屏幕上的情景，再环顾眼前这难得的欢聚，我们不禁感慨万千。会场里渐渐响起此起彼伏的低语，那是记忆被唤醒的絮语。随后，雷鸣般的掌声响起，一浪高过一浪，仿佛夜空中绽放的礼花，将这场跨越四十年的重逢，化作永不褪色的璀璨记忆。

良久，在主持人王国明的大声呼喊下，聚会流程就此展开。第一个致辞的是原宣传股的李锐，他情真意切地说：“岁月如歌，无论是欢歌还是怨歌，都来自心灵深处的呼唤；岁月如水，水流走了，但记忆的石头仍然留在人生的长河中……”聚会的精彩节目一个接一个，精彩纷呈。知青魏宝华与六团女知青朗诵的诗歌《战友，兵团战友》声情并茂。诗中写道：“回眸北疆青春壮，空前绝后多难忘；农垦驻守情交融，珍惜岁月友谊长。兵团战士有阳光，栉风沐雨争时光；退休不做闲休事，老有所为向前望。”这首诗让我们听得心潮澎湃、热泪盈眶却又满心芬芳。

随后，王国明宣布请我为战友们进行笛子独奏。我缓步走向台前，心潮翻涌，往昔在北大荒为大家吹奏的点点滴滴重又浮现。深吸一口气，我将竹笛轻抵唇边，《青藏高原》的旋律随即倾泻而出。笛声时而高亢入云，时而低回婉转，仿佛要把这些年的思念都吹进曲调里。在这特殊的时刻，悠扬的笛音不仅献给在场的战友，更献给那段永不褪色的青春岁月，让记忆中的花季永远闪耀着动人的光芒……

紧接着，将全场气氛推向高潮的是经典歌舞《兵团战士胸有朝阳》，由原宣传队的采玲、慧明、凌云三位老队员倾情重现。尽管岁月流转，她们仍坚持数日苦练，哪怕练到手臂酸痛难抬，也要将最完美的舞姿献给战友。当熟悉的旋律响起，三位身着绿色迷彩服、头戴红色贝雷帽、脚蹬红靴的舞者翩然登场。她们每一个转身都带着当年的飒爽，每一次腾跃都饱含不减的激情。刹那间，舞台如旭日东升，照亮了整个会场。台下观众情不自禁地击节跟唱，掌声如潮，仿佛展开了一幅饱含深情的北疆青春画卷。台下观众情不自禁地全体起立，和着节拍齐声高唱。掌声、歌声、喝彩声交织成浪，将北疆岁月的记忆画卷徐徐展开。台上的舞姿愈发矫健，台下的热情愈发高涨，形成动人的互动共鸣。这一刻，老战友们脸上绽放的笑容，比兴安岭上漫山遍野的达子香还要灿烂。这场跨越时空的演出，不仅重现了当年的激情，也在每个人心中激荡起澎湃的正能量。

美酒佳肴不知何时已尽数入腹，未饮先醉的情谊早已让人酣畅淋漓。王国明见气氛正浓，当即邀请宣传队员登台，带领全场高唱《同一首歌》：“终于迎来今天这欢聚时刻……每一次相逢和笑脸都彼此铭刻……”众人情不自禁齐声应和：“在阳光灿烂欢乐的日子里，我们手拉手啊想说的太多……”激昂的歌声如浪潮般此起彼伏，在会场中激荡回响。这一刻，仿佛有一种永不褪色的青春力量穿透岁月长河，将所有人的心紧紧相连。

厅内厅外，秋光流泻，晶莹璀璨。这光芒，是激情的火花，是绽放的心花，更是集体生命最绚烂的绽放。正如王国明那深情的话语：“火山、连池、白桦树、达子香，美丽的五大连池，是我们永远的念想，永远难忘的第二故乡。”

暮色徐徐降临，离愁在紧握的双手中无声蔓延……走在回家的路上，我举首望向天宇，只见星月烂漫，令我不禁感慨：我们这些曾在北大荒挥洒青春的知青，如今已悄然鬓染霜华。四十载岁月更迭后，我们的生命之光该投向何方？又该以怎样的姿态，在这迟暮之年绽放最动人的光华？

北大荒人的步履

（观摩“北大荒知青之歌”文艺汇演有感）

每年的冬天，当北风呼啸、大雪纷飞之时，我总会回想起在北大荒那些岁月：冻僵的手指无法弯曲，牙齿不受控制地打战，空荡荡的胃里发出抗议的声响……我常自嘲，或许生来就缺少抵御严寒的基因，难以适应那零下三十度的苦寒之境。然而，正是这般严酷的环境，锻造出了北大荒人钢铁般的意志。我们懂得，要在这冰天雪地中生存，就必须以超乎寻常的坚韧与之抗争。这种永不言败的精神，最终化作北大荒艺术舞台上最动人的篇章。

2010 年 11 月，“北大荒知青之歌”大型文艺演出在北京震撼上演，历时三天，令人难忘。虽然已经过去百日，但我仍然意犹未尽。我反复观摩着那场令人惊叹、赞美的节目光盘，心中不禁涌起“求之不得，寤寐思服，悠哉悠哉，辗转反侧”的感慨。我想起了我们一师五团宣传队在五大连池尾山脚下奋斗的日子，那是我的老七连。我与战友们并肩风雨同舟、肝胆相照，在朝夕相处中淬炼出永不褪色的战友情谊。

北京知青邹小霏、李秀人堪称北大荒艺术团的灵魂人物，既是卓越的策划组织者，又是极具魅力的主持人。小霏更是妙笔生花，撰写出整台精彩纷呈的主持文案。他们带领编创团队，以过人的智慧、豪迈的气概和坚韧的毅力，打造出不逊于专业水准的艺术精品。在艺术团筹建过程中，他们倾注的心血、投入的精力乃至自筹的经费，无不令人叹服，这份执着与奉献精神实在可敬可佩！

“北大荒知青之歌”汇演拉开了帷幕。小霏与秀人这两位主持人铿锵有力地轮番朗诵着动人的《序曲》：“天上有没有北大荒？在祖国的东北方，有一片神奇的黑土地。这里，曾有过淘金者的惊喜，有过狩猎者的足迹，有过贪婪者的梦想，有过掠夺者的铁蹄。然而，他们谁也没能站住脚，都被那一场场肆虐的暴风雪一卷而去！北大荒，就是这片神奇的黑土地。我们北大荒知青，就是当年那群风华正茂的少男少女。40 多年已过去，我们在眷恋中反思，在审视中回忆；我们在白桦林里追寻着逝去的永恒，我们在永恒中一次次告别曾用血汗浇灌过的土地。我们怎么也说不清这片神奇的土地，为什么竟让一代人过了近半个世纪还在魂牵梦萦，苦苦寻觅。说不清啊，说不清，那就面对苍穹，面对血色的夕阳，问问天上有没有北大荒……”这一幕的开场白，犹如惊雷贯耳，以雷霆之势叩击心灵！

还有刘万超大哥，他身兼艺术总监与主题音乐创作双重角色，其代表作《雪花飘飘》经大型歌舞组匠心演绎，将北国雪原的壮美展现得淋漓尽致。当旋律响起，舞台幻化成银装素裹的天地：一袭白衣的舞者翩然若仙，似漫天飞雪轻盈流转，又如白桦林间跃动的精灵。这般纯净绝美的意境，让全场观众恍若置身苍茫雪原，掌声经久不息，许多人早已热泪盈眶。

宽阔的舞台渐渐亮起，各团队的红、蓝、白旗帜飘动。台上的大型银幕上，一位北大荒女战士的肖像格外醒目——她戴着雪白的皮帽，穿着厚实的毛领大衣，那双炯炯有神的眼睛正坚定地望向远方。肖像四周金光流转，将这位年轻拓荒者的形象衬托得格外动人。这不正是当年我们那一代人的缩影吗？怀揣赤子之心，奔赴北疆的热血青年。此刻，舞台上的光芒如朝霞般绚烂，又似夕阳般壮美，照亮了每个人的面庞，更照亮了所有北大荒人心中永不褪色的记忆。

突然，军号嘹亮，战歌激昂。在全场如潮的欢呼声中，第七幕压轴节目震撼登场——师五团带来的《兵团战士胸有朝阳》（由团宣传队、七连等联合演出，以北京知青为主力）。随着音乐渐起，主持人邹小霏、李秀人迈着稳健的步伐走向台前，她们气度不凡，字正腔圆地报出这最后的重头戏的名称。全场瞬间肃静，所有人都屏息以待这最后的华彩乐章。

只见舞台左角，队伍肃然挺立，在高大魁梧的举旗手的引领下，队容整齐地列成了四行。8 男 8 女，共 16 位身材相似的兵团战士，身着军裤、白衬衣，意气风发、步伐稳健地出场了。“披荆斩棘、顶风冒雪”，他们心有朝阳、壮志凌云。

台下的战友注视着他们变化的队形——双排并列、人字延展、斜向穿插、十字回旋……每个队形变换都如行云流水。最动人的莫过于那两列男女演员的平行行进，他们仿若夕阳下收工归营的战士，单手脱帽，舒展身姿，将劳作后的放松与对未来的憧憬，都化作了整齐柔美的歌声与动作。

这场景让人不禁想起当年：我们从百垧地收工回来，扛着农具列队而行，不时整理被汗水浸湿的头发，伸展酸痛的腰背。最期待的，莫过于洗漱后那顿来之不易的晚餐——无论是粗糙的大碴子粥、硬实的黑馒头，还有油星点点的白菜炒肥肉，都被我们狼吞虎咽地一扫而空。那些青春洋溢的笑声，曾经回荡在小兴安岭的暮色里，荡漾在乌苏里江的波光中，成为五大连池永不褪色的记忆……

舞者们以刚柔并济的舞姿，演绎那段“广阔天地战旗舞，钢锄紧握垦荒原；备战备荒积粮忙，千里边防铸铁墙”的青春岁月。每一个动作都凝聚着40年的坚守与不易，每一个步伐都诉说着当年的艰辛跋涉。

特别值得一提的是，七连早在20世纪70年代就荣获沈阳军区“四好连队”称号。他们组建的演唱组、军训组、排球队，乃至全本《红灯记》赴师部调演，都展现了非凡的才艺。与我们宣传队共同打磨艺术的岁月里，他们将对黑土地的眷恋、对战友的深情，都化作了艺术的升华。

此刻，《兵团战士胸有朝阳》的旋律仍在回荡。16位舞者挥汗如雨，在飘舞的雪花与猎猎战旗间，踏出铿锵有力的步伐。他们的表演不仅感动了在场的北大荒人，更震撼了社会各界观众。这舞蹈从尾山跳到燕山，将永不落幕的青春朝阳定格在每个人心中。

最后的造型令人难忘：舞台左前方的大圆与右后方的小圆相互呼应，如同岁月年轮，镌刻下永恒的记忆。这个充满象征意义的画面，为整场演出画上了完美的句点，留给观众无尽的回味。

那段北大荒十年拓荒的壮美史诗，历经半个世纪的岁月冲刷，已在人们的记忆长河中渐渐淡去。然而，这场《北大荒知青之歌》大型歌舞演出的横空出世，如春雷般震撼人心，其磅礴气势与真挚情感让无数观众热泪盈眶，久久不能平静。演出不仅重新唤起社会对知青群体的关注与敬重，更为在蜜罐中长大的年轻一代上了生动一课：原来我们的父辈曾以如此坚韧的意志，在荒原上默默耕耘十载春秋。这般看似平凡的坚守，实则是何等非凡的人生壮举！

京城重逢　金秋飘香

（北大荒五大连池宣传队首次欢聚北京）

九月的北京，秋高气爽，金桂飘香，艳阳高照。起伏的燕山之巅，蔚蓝色的云岚飘荡，紧紧环绕着古老的长城，象征着祖国的勃勃生机与繁荣昌盛，也彰显出各族儿女团结奋进的盛世华章。

1/ 第一天：精彩聚会，群情激昂

四十年阔别，终得重逢。2011 年 9 月 16 日至 18 日，北大荒一师五团的新老文艺宣传队员齐聚北京，实现了这场期盼已久的相聚。这场盛会的圆满举办，离不开魏立同志的精心筹划，更得益于张永利、李国强、裴志平等北京战友的鼎力相助。来自哈尔滨、上海、西安、北京及江西三清山的30余位战友，跨越千山万水，共赴这场跨越时空的约定。岁月如歌，情谊似酒。四十载光阴的沉淀，让当年北大荒的青春之花，在今日绽放出更加醇厚的芬芳。

对于远道而来的我们，最令人动容的莫过于刚出火车站便有北京战友们如亲人般迎上前来。他们不仅亲自驾车接送，更贴心地将我们安顿到宾馆。这份无微不至的关怀，让我们这些异乡人顿感温暖，一颗悬着的心终于安然落下。

9 月 16 日，晨光熹微中，高大挺拔的郭景云已驾车等候在车站。他红润的面庞洋溢着重逢的喜悦，他是我阔别多年后见到的第一位老战友，我心头顿时涌起阵阵暖意。

五湖四海的战友欢聚一堂，情谊如初。久别重逢，此起彼伏的呼唤声中，我们相拥而泣。千言万语道不尽，四目相对总关情。燕山为证，共话沧桑岁月；长城做伴，同忆青春年华。这一刻的欢欣，让满座宾朋尽展笑颜。

第一天的欢迎晚宴在郭林家常菜酒店热闹开场。四个插花装饰的圆桌在宴会厅次第排开，彩灯与璎珞在微风中轻舞。透过明净的落地窗，可见碧空如洗，绿柳婆娑，飞鸟掠过，恍若当年北大荒的旷野风光。战友们身着盛装，笑语盈盈。厅堂正中的红旗上，“黑龙江生产建设兵团一师五团宣传队”的金色大字熠熠生辉。我们久久伫立，任热泪纵横。这面旗帜，承载着四十载春秋里我们用艺术生命书写的青春史诗，每一针每一线都浸透着共同的理想与热血。此刻凝望，愈觉亲切；此情此景，永志不忘。

主持人张永利站在中央，满怀深情地致辞：“自从‘北大荒知青之歌’文艺演出后，我一直非常想念大家。魏立与我商讨，如何能将大家重聚于北京，以表达我们心中的牵挂。若非他的鼎力相助，这次活动实难成行。”话音刚落，掌声雷动，众人不约而同地用眼神向魏立致以诚挚的感谢。

待掌声稍歇，永利继续说道：“40多年来，我时常思念大家，甚至在梦中惊醒。因此，我下定决心要完成魏立大哥交给我的任务，四处寻找大家的踪迹。这过程实属不易，有的战友生病，有的家务繁重，还有的……但我始终努力着，期盼着重逢的那一天。黑土情，就是故乡情；战友情，就是手足情……”话未说完，台下已是一片掌声，热烈而持久。在我模糊视线中，瞥见永利用手抹去眼角的泪水，众人也都在偷偷地落泪。

“今天，终于把大家盼来了，欢聚一堂，真不容易啊！”永利感慨万分，“有许多战友在幕后默默奉献，他们是我们心中的英雄。我非常感激大家的支持，真心希望大家在北京玩得开心，身体健康！”又是一阵掌声，久久回荡。

接下来，是每位战友一分钟的发言时间。老队长张杰，容光焕发，一如当年。他刚开口说出“想念大家”四个字，就哽咽了，泪水涔涔而下。他感慨地说，这辈子真没想到还能和大家见面，非常感谢宣传队组委会的精心组织。

谢彩玲接着讲述了导演舞蹈的艰辛以及她对战友情谊的珍惜。阿玲是性情中人，激动得双手捂住脸哭出了声。她的爱人金宝温柔地为她递上餐巾纸。我赶忙过去劝说：“今天咱们高兴，别再哭了！”然后，我拿起相机，拍下了这珍贵的瞬间。张国庆是摄影师，拍照拍得汗流浃背也不肯停下；杨开则架着摄像机，一刻不停地记录着这难忘的时刻。

朱长生和他的爱人是北大荒的老乡，后来在北京定居。长生 弹得一手好三弦，精明能干，还会讲笑话。他发言时，一口东 北话，豪情满怀，引得大家拍手叫好。

在热烈的掌声中，永利郑重邀请了两位特殊的嘉宾——“北大荒知青之歌”的策划人兼主持人邹小霏和李秀人。邹小霏是北大荒知青的杰出代表，以其横溢的才华和谦逊的品格赢得了众人的敬重。只见她从容起身，目光炯炯地环视全场，以清朗的声音说道：“五团宣传队用真诚的艺术打动人心，用执着的坚守书写传奇。这次聚会的精心筹备，更让我们看到了这支队伍历久弥新的凝聚力。”字字珠玑，道出了在场每个人的心声。

秀人一袭缀着红牡丹的黑色裙装，端庄中透着灵动。她以字正腔圆的京腔，配合优雅得体的手势，将双手轻拢于胸前，动情讲述着那段镌刻在岁月里的艺术征程。这位温婉而坚韧的主持人，眉宇间洋溢着知性的光彩。她的讲述与邹小霏的讲述珠联璧合，引得满座宾客报以雷鸣般的掌声。

后来，我的先生刘鹏飞老师被邀请上台发言，这是我没想到的。只见他身着笔挺的白衬衫，搭配米色针织背心与深蓝领带，儒雅而庄重地立于台前：“感谢这次聚会的组织者魏立的精心筹备，感谢大家数十年来对七芝始终如一的关怀。正是这份源自北大荒的深厚情谊，支撑着她跨越生命的风雨，在人生的跑道上永不言弃……”他的讲话深情而感人，台下掌声经久不息。

“知我者，谓我心忧；不知我者，谓我何求。”此刻，千言万语化作对先生与战友们的深深感恩。是他们的支持和鼓励，始终为我照亮前行的道路。当战友们为我们伉俪的艺术人生与美满家庭献上衷心的祝福时，我深知这份情谊早已成为生命中最珍贵的馈赠。

魏立作为本次聚会的核心人物，在总结发言时难掩激动之情：“望着在座每一位风尘仆仆赶来的老战友，我心潮澎湃。

四十余载的守望，终于化作今日的欢聚。这份历经岁月淬炼的情谊，必将成为我们人生中最珍贵的记忆！”

随即，他邀请王俊国上台致辞。在热烈的掌声中，王俊国谦逊地说道：“千言万语汇成一句话，愿我们都能健康平安，期待下次重逢！”魏立插话道：“下次相聚，我们相约三清山！”刘老师敏捷地起身，向在座各位表示欢迎。我也起身补充道：“我特意准备了三清山画册，想送给大家，希望大家深入了解三清山，领略那里的秀美风光。”这番话语引来阵阵欢呼。

这场等待了四十余载的聚会，承载着太多未尽的牵挂。即便时光飞逝如长江东流，也冲不淡这份深厚情谊。就连远在海外的董亚平、陈莉也专程赶来，见证这难忘的时刻。

北京的秋夜温润如水，宾馆里暖黄的灯光映照着战友们安睡的面容。在这激动与宁静交织的夜晚，却有人始终未眠。来自西安的节目主持人胡桂琴为筹备翌日的汇演，与上海的刁慧明、朱凌云，北京的李国强、戴志荣彻夜创作排练。窗外的月光见证着这群老战友为艺术倾注的热忱，这份执着令人动容。

2/ 第二天：“酸枣岭农家大院”汇演

金秋的北京凉爽宜人，九月的风带着仲秋特有的清爽。天幕如洗，几缕游云在湛蓝的底色上悠然作画。承蒙上海战友郭太平的鼎力相助，我们的采风之旅得以成行。车队迎着微凉的东北风，驶向昌平西山脚下的酸枣岭农家大院。风中隐约飘来达子香特有的芬芳，混着山间蜜枣的甜香，未及抵达，味蕾已开始期待那酝酿已久的山野之味。

行车途中，秋风轻抚面颊，和煦的阳光为群山披上金纱。远眺西山，黛青色的轮廓在红枫的映衬下更显巍峨；近处的酸枣林层层叠叠，宛若羞涩的少女初施粉黛，透着灵动的秀美。山脚处，芳草萋萋的田野被纵横的田埂分割，恰似一幅精心勾勒的工笔田园图。虽不似北大荒的苍茫壮阔，却自有一番温婉动人的韵致，令人难忘。

农家院坐落在由大路转入小路，小路又蜿蜒至小道的泥土地上，充满了浓郁的乡土气息。沿途两旁，耸立的杉树与白桦林错落相间，仿佛跃动着北疆秋收时节的记忆，令人浮想联翩。

农家院的外墙用红砖粗犷地垒砌，砖缝间爬满了郁郁葱葱的爬山虎，青翠的藤蔓上吊着丝瓜，地面上铺满了五颜六色的野花野草。一跨进院门，迎面就是个生机勃勃的小花圃，草木茂盛的地上散落着金灿灿的玉米棒子，这可是做碴子饭的好材料，北大荒人的命根子。我不由得蹲下身，轻轻抚摸着这些玉米，往事顿时涌上心头，那些以它果腹的岁月仿佛就在眼前。再往里走，分大院和小院。大院里立着个天蓝色玻璃瓦顶的棚子，旁边停着几台锈迹斑斑的农用机器，透着股子沧桑劲儿。小院那边是餐厅和杂物间，中间一条长廊通向几间平房，那就是我们落脚的地方。

听说农家院的老板当年是北大荒 20 团的宣传队队长，他们夫妻俩在这儿经营农家乐整整三十年了，让战友们得以在这个地方回忆在黑土地上那些粗犷又纯粹的日子。

午餐时，大伙儿总算尝到了地道的农家饭菜，特别是那北大荒风味的馍馍，嚼着格外香甜。更叫人感动的是哈尔滨的五位老战友，千里迢迢背来的烟熏火腿和红肠。这份情谊、这份实在，可见他们的豪爽与大气！这么远的路，这么重的礼，真难为他们了！我们狼吞虎咽地吃着，满嘴留香。可嚼着嚼着，心里突然一酸：老战友张富海这会儿还躺在病床上呢……想到这儿，眼泪就在眼眶里打转，满嘴的美味突然就混着说不出的滋味。

饭后，宽敞的农家大院摇身一变成了露天舞台。足有三四百平方米的场地，我们占了大半边。胡良桐、郭景云利索地架起了音响设备，动作熟练得就像当年在地里干活一样。午后日头正毒，晒得人脸上火辣辣的，汗珠子顺着脸颊直往下滚。

可他们几个，随手抹一把汗就接着忙活，连眉头都不皱一下。看着他们，我眼前又浮现出北大荒的日子——掰苞米时弯成弓的腰，割麦子时挥舞的镰刀，寒冬里扛麻袋冻得通红的手……那时候就是这样，再苦再累，他们总是挺直了腰杆，像兴安岭的白桦树一样坚韧。这会儿，我的眼眶不知不觉就湿了。这些老战友骨子里那股拼劲儿还像当年一样，一点都没变。

午后阳光透过天棚，洒下一片澄澈的碧蓝，那纯净的颜色仿佛能洗涤心灵。乐声就在这时响起来了——张杰的二胡如泣如诉，田淑华的电子琴清亮悦耳，孙金榜的笙声悠远，郭景云的手风琴欢快跳跃，魏立的小提琴优雅缠绵，我的笛声则穿梭其间。这些熟悉的旋律在院子里回荡，让时光都变得温柔起来。只可惜，北京的马国友昨晚贪杯误了事，上海的王雷、南京的田康也没能赶来。听着乐曲里空缺的声部，大伙儿都不免有些遗憾。这让我不禁感慨：身体健康是多么重要啊！

大院东侧，那面鲜红的宣传队队旗依然高高悬挂，金黄的队名在风中熠熠生辉，仿佛还能看见当年队员们意气风发的模样。随着主持人胡桂琴、张永利这对黄金搭档登台，原本喧闹的西侧观众席瞬间安静下来。

小胡依然保持着当年的才女气质，她的诗朗诵如清泉流淌，字字句句都透着灵气。听，节目开始了……

女：金色的九月，丹桂飘香，美丽的北京秋高气爽。今朝，我们欢聚一堂，回眸黑土地上红色舞台的激情岁月，感悟宣传队员间友谊的地久天长。

男：没有宣传队的那年那月，哪有今日团聚的喜气洋洋？没有你我他的共同经历，哪有此时对酒当歌的豪情万丈？

艺术的感染力如巨石入水，激起人心底的层层波澜……开场舞蹈《兵团战士胸有朝阳》正是当年宣传队的经典保留节目。八位演员身着迷彩服，在舞台上重现了四十年前林海雪原的英姿。他们矫健的舞步，让人仿佛看见当年那群如劲草般扎根边疆的青年，在风雪中顽强生长，在春光里吐露芬芳。这让我想起在七连的日子，宣传队员们与连队战友们同吃同住，互帮互助，结下了深厚的情谊。戴志荣深情朗诵的《我爱宣传队这个群体》，道出了所有人的心声："你们是一个光荣的群体，一个战斗的群体，一个令人神往的群体，又是一个明星的群体。

你们为父老乡亲、兵团战士一次次展示着精湛的才艺……宣传队，我爱你！"当她用嘹亮的嗓音唱出"北大荒，我爱您"时，那真挚的情感和专业的唱腔，让我们热泪盈眶，我几乎要冲上台去拥抱这位可爱的战友！

接着，魏立和乔桂兰夫妇俩合唱《映山红》，那动人的曲调仿佛将我们带到了江西井冈山、三清山，那般亲切。遥望远处，漫山遍野怒放的映山红将整片山岭染成了绚丽的红霞。他们的歌声如此真挚动人，一定是源自心灵最纯净的共鸣。听着听着，我们的心也跟着怒放，仿佛置身于火红的山花丛中。

随后登台的许红身着傣族盛装，手持葫芦丝奏响《春满傣乡》。乐声时而轻柔，时而激昂，使人听得如痴如醉。紧接着，刁慧明以独具韵味的评弹唱腔演绎《雷锋颂》。那熟悉的声音穿越时光，再次在舞台上响起。“雷锋，我们敬爱的人……”这首歌唱得情真意切。结束时，全场响起热烈的掌声。

哈尔滨乐队献上的合奏曲音色清脆悦耳，乐队技艺更胜当年。张杰的二胡独奏《赛马》弓弦翻飞，将草原骏马奔腾的雄姿演绎得淋漓尽致。那激昂的旋律在每个人心头激荡，这份跨越时空的艺术情缘令人动容。

院中忽然响起《长江之歌》的旋律，只见一对舞者身着红绿舞衣翩然登场。阿玲精心编排的这支双人舞，既有飞燕的轻盈，又具雄鹰的矫健，这是李国强为宣传队打造的全新力作，舞姿潇洒至极。紧接着，《亲亲茉莉花》的欢快节奏响起，田淑华、关桂芳、林玲三人踏着轻快的舞步登场。她们将广场舞跳出别样韵味，三段歌舞相间的表演引得台下观众跃跃欲试，恨不得也上台舒展筋骨，感受这份无拘无束的快乐。

不曾料想，我与先生有幸同台献艺，以箫笛合奏演绎古典名曲《妆台秋思》。“青山隐隐水迢迢……”的悠远旋律与“可怜楼上月徘徊……”的缠绵笛声交织，在秋月清辉下，诉说着对故土的眷恋、对往事的追忆。每一个音符的轻重缓急，每一段旋律的抑扬顿挫，都映照着演奏者与听众内心的万千思绪，道不尽这难舍难分的战友情……

孙金榜浑厚的《母亲》、朱长生深情的《心中献给兵团战士》、朱凌云婉转的越剧选段、女院主激昂的《为了谁》、淑华韵味十足的京剧唱腔、景云雄壮的《心中升起不落的太阳》以及最后关桂芳的一曲《我不想说再见》都表达了众人心声：“相见时难别亦难”“要把时光留住在今天”，那清泉般的歌声，将北大荒的如歌岁月与深厚情谊娓娓道来。

瞧！连摄影师张国庆、杨开也一展歌喉，郭太平那发自肺腑的演讲更让人感慨万千。忽然，四位女队员（谢彩玲、柳晓青、张冀平、卢莹莹）跳起了藏族舞蹈，将雪域的豪迈与草原的辽阔演绎得淋漓尽致。

胡桂琴的朗诵再次触动心弦：“难忘今朝！宣传队的岁月是我们最珍贵的人生课堂，这份情谊如同五大连池的碧波，永远在我们心间荡漾！”

男声接着响起："今天的联欢，犹如一颗璀璨的多棱宝石，每个切面都折射出宣传队员独特的精神光芒。这份闪耀着七彩光辉的记忆，必将成为我们生命中最珍贵的收藏。"

当《同唱一首歌》的旋律在大院回荡，所有人都情不自禁涌向舞台。月光下，我们手挽着手围成同心圆，不分彼此地载歌载舞。那些略显笨拙的舞步里，盛放着最纯粹的战友情谊。

夜空中皎月如盘，繁星点点。我们围坐分享着晶莹的石榴，每一颗红宝石般的果粒都饱含着甜蜜的情谊。晚风轻拂，不知是谁起了个头，大家又哼唱起熟悉的旋律。郭景云那首《缘》引得众人轻声应和："挥一挥手……期望着再相见……"张杰的《二泉映月》与许红的《断桥残月》在夜色中交织，平添几分诗意惆怅。

我不愿离开这美好的良宵，月上中天，明光皎洁。我把情感寄托给明月，托付给流水。感谢杨开在微风中送给我的话："纯真的岁月造就了坚固的友谊。"我也感受到了。

最惊艳的当属张冀平的双扇舞。桃花扇翻飞间，恍若化蝶的祝英台再现。谁能想到，这群年过花甲的"年轻人"依然保持着如此动人的艺术生命力？这或许就是北大荒馈赠给我们最珍贵的礼物——永远年轻的热忱之心。

在这个月光如水的夜晚，我带着满心感动渐入梦乡。梦里，我们的歌声还在继续，舞步从未停歇……

3/ 第三天：走向奥运大道　挥泪惜别

在 19 日清晨的柔和光线中，我们依依不舍地告别了酸枣岭农家院。令人动容的是，那位带着黑土地淳朴气息的院主，特地以虔诚恭敬的姿态，向车上的我们作揖道别，诚邀我们下次再来做客，并期盼我们带来更精彩的文艺演出。

上午的行程是游览鸟巢与奥运大道。漫步在宽阔的林荫道上，两侧古木参天，远处鸟巢的钢构轮廓在蓝天下显得格外雄伟。河堤杨柳依依，芳草如茵，我们在这诗意的秋色里驻足留影。小桥流水间荷叶轻摆，枫红与银杏黄交织成锦。每一次快门闪动，都定格下战友间最温馨的依偎。

北望燕山苍茫，淡青色的山脊与古老长城相依，默默守护着这座千年都城。走在奥运中轴线上，我们不禁感慨：从风雪北大荒到返城街道，从泥泞小路到各自岗位，从青丝到白发，四十三载风雨同舟，最珍贵的莫过于与知己携手走过人生长路。这三个多小时的漫步，每一句问候都饱含温情，每一个眼神都传递着默契……

漫步途中，我们亲切地交流着近况。卢婴婴一直负责宣传队的演出工作，她告诉我她的工作很忙，每一步程序都不能有丝毫马虎，大家的事就是她自己的事。我不禁赞叹：“你这份责任心值得所有人学习！”柳晓青分享了她在德国的求学经历，如今她回国从事德语教学与翻译工作。“你的人生真精彩！”我由衷地说。她嫣然一笑，脸颊上浮现的酒窝盛满了青春的回忆。

胡良桐依然保持着教师的风骨，虽有些小恙却依然挺拔如松，那份坚韧令人肃然起敬。李国强和马国全这对文学知己，在默默耕耘中写出了不少佳作，可谓大器晚成。他们特别提到赵健、淳辉、老戴和杨开等老战友对宣传队的无私支持，向他们表示感谢和敬意。

我也要特别感谢淳辉、杨开等北京战友全程相伴，用相机为我们定格每一个珍贵瞬间。同行路上，疲惫早已被温情取代。

转眼已是离别时分，“大东北”酒楼里，美酒佳肴散发着诱人香气。每一道菜都饱含深情，每一杯酒都斟满祝福。我们举杯追忆往昔，相视凝望今朝，在这意犹未尽的时刻，真切地感受到：历经岁月淬炼的情谊永远是最动人的诗篇。微醺中，我仿佛又看见那些青春的身影，在记忆的长廊里翩然起舞……

魏立身着淡粉红色的条纹衬衣，身姿挺拔。他神采奕奕地起身致辞：“我们四十余年的期盼，今朝终得圆满。这只是个开始，今后我们还要聚会，还会演出，愿大家保重身体，继续保持北大荒人的精神面貌，期待我们下次更精彩的演出！”

酒至微醺，王俊国即兴吟诵了一段徐志摩的《再别康桥》：“轻轻地我走了，正如我轻轻地来；我轻轻地招手， 作别西天的云彩……”

离别时分，志新桥畔杨柳依依。在这秋意渐浓的午后，我强忍泪水与战友们话别。转身的刹那，那感人至深的画面永远定格在我的记忆里：老友们相拥而泣，围成一圈默默祈祷，祝愿情谊长存，后会有期。

泪水终于决堤，我多么想再为战友们吹奏一曲《鸿雁》：“鸿雁天空上，对对排成行……江水长，秋草黄，草原上琴声忧伤……”

如今，我笔耕不辍，废寝忘食，泪眼婆娑，银丝散落，思念绵绵……是温暖的阳光予我力量，是战友的情谊让我理解生活的真谛。这既是心之所向，更是责之所在。若无在黑土地上结下的深情厚谊，何来这绵绵不绝的思念长河？

我要深深叩谢这片黑土地，它为我们镌刻了永不褪色的青春印记；更要感恩那些仗义执言的同路人，是他们守护了这份跨越时空的团圆。

我们每个人的精神丰碑，都奠基于北大荒那些以苦为乐、向死而生的岁月，都熔铸于中华民族如长城般巍然屹立的文化根脉，都彰显着中华儿女“艰难困苦，玉汝于成”的生命哲思。在这条永不停歇的精神长河里，我们既是涓涓细流，更是奔腾浪花。

秋韵燕京　久别重逢

——五大连池宣传队北京聚会纪实

四十六载光阴流转，北大荒的风雪早已化作心底最温暖的记忆。2011 年金秋，在魏立等北京战友的精心筹备下，我们五大连池宣传队的知青们终于齐聚北京尚庄度假村。

推开蒙古包的雕花木门，穿天杨的枝叶正沙沙作响。南沙河的水波映着秋阳，恍惚间又见当年在黑土地上并肩演出的身影。组委会的战友们倾尽心力——从接送车辆到特色住宿，从会场布置到节目编排，连桌布都选了绣金团的锦缎。那份“有朋自远方来”的赤诚，让天南海北赶来的荒友们湿了眼眶。

9 月 18 日的迎宾宴上，红底白雪的会标“难忘黑土地相逢在北京”高悬竹楼。当那面“黑龙江生产建设兵团·一师五团宣传队”的横幅展开时，满场哽咽。老队长王俊国举杯道：

“太阳岛、三清山、黄浦江的战友们，今日团聚来之不易！”“北大荒知青之歌”创始人李秀人用三个“感”字道尽心声：“感谢荒友接纳，感念筹备艰辛，感慨青春无悔！当年我们用文艺点亮北大荒的夜，如今更要为晚霞添彩。”五大连池农场书记高云龙即兴赋诗：“昔日一师五团，今日五湖四海，此情动地感天！”

19 日的露天演出堪称奇迹。草坪舞台铺着栗色木板，背景是猎猎旌旗与穿天杨的绿荫。合唱《期待》第一个登场——“说好那一天要与你见面，早也盼，晚也盼……经过四十载，等到花甲年，望穿双眼终团圆……”

三排身着民族盛装的歌者中，有人攥皱了歌谱，任泪水浸透衣襟。当年饰演李玉和的郭太平坐在台下，苹果般的笑脸泛起红晕，仿佛又见样板戏里手提红灯的英姿。

25 个节目如明珠串联：箫笛合奏《鸿雁》苍凉悠远，蒙古族舞步卷起草原长风，诗朗诵《远飞的大雁》唤起集体记忆。尚庄员工惊叹：“建园以来，从未见过如此动人的演出！”

临别前夕，黑土阡陌老师赠我七律诗相勉。

飘然联袂步紫薇，秋露微凉伴笙歌，

共拜明月映前川。道场惜缘聚香海，

仙风悠悠驻玉华；情痴翰墨度三生，
心慰瑶台赏五柳，胸襟宽广纳云烟。
守望蓬莱情更远，寻常时日亦婵娟。

我以藏头诗答谢黑土阡陌老师（田正平）。

田野辽阔金浪翻涌，正是秋高气爽喜看斑斓；
萍水相逢情深难忘，远飞大雁铭刻心间。
田横阡陌装点山川，正本清源气质非凡；
平生君有千古诗句，壮怀潇洒洒满人间。

9月21日的饯行宴上，烤鸭的甜香裹着离愁。主持人张永利嗓音沙哑：“相见时难别亦难。”魏立安慰众人：“只要健康活着，自有重逢之日。”当《冰雪情谊》的朗诵声起，满座潸然——“严寒无法阻挡回忆的思绪，狂风怎能吹散回望的视线？花甲追梦，终难忘黑土情缘！”

正如海外荒友董亚平所言：“五大连池的情缘，愈久愈醇。”谨以拙笔记此盛事，愿友谊共岁月长青。

第四辑

DI SI JI

故乡情

难忘的 2009 年首聚

岁月荏苒，光阴如梭，转眼已至花甲之年。四十一个春秋悄然流逝，初中时代的同窗大多未曾再见。往事如烟，心中不禁泛起深深的怀念，那些曾一同勤勉学习、奋力攀爬竹竿、跳跃翻腾的少年伙伴，以及我们最敬重的班主任张舜发老师，如今何在？

四十一年，人生能有几次如此漫长的等待？站在外滩黄浦江畔，望着滔滔江水奔流不息，是感叹时光易逝，还是无奈魂牵梦萦？对中学同学的牵挂，无论是在老屋阳台的翘首远望，还是在三清山松林月下的沉思，都未曾有梦中重逢的欢愉，终究只能成为心底的遗憾。

1988 年，我曾重返母校，那里尚保持着原貌。我有幸见到了班主任张舜发老师和美术课的孙老师，并向孙老师请教了美术知识。2005 年初，我报名参加母校黄浦区的电脑培训班，本想借此机会重游校园，寻访昔日的师长。然而，当我抵达时，却倍感失落——位于四川南路 35 号的母校已变成旅游专科学校。那醒目的红砖墙、黑色铁皮条纹的斜形屋顶、红木教室和层层楼梯，以及操场间二楼那条长廊上悬挂的一串串紫葡萄，全都消失了。高中部并入金陵中学，初中部则归入格致中学，

那所拥有百年历史的庄严美丽的教会女中就此成为历史。1969 年，它更名为上海市第六中学，男女合校，曾经的女子佼佼者无处可寻，“老三届”的辉煌也成了绝响。如今，现代化的钢筋水泥教学楼矗立在校园中，操场普通而简陋，再无往日的韵味。我坐在那里，望着陌生的景象，心中满是失望与遗憾，只能匆匆离去。

今年金秋，我与先生因全国道学文化研讨会和复旦大学书画社的交流活动再赴上海，忙碌中几乎无暇思念旧友。然而，喜讯突然降临——同学来电告知：“骆芊芊联系了一些同学，11 月 5 日上午在‘上海人家’四楼聚会。”听到这个消息，我的心狂跳不已。与她们通话时，更是惊喜万分。记忆中，芊芊坐在我的后排，品学兼优。她轻声念出一串熟悉又略带陌生的名字，让我开怀大笑，仿佛回到了少年时代。

夜深人静时，我仍激动难眠。岁月悠长，面对那些日夜念叨却几乎遗忘的同学，我该如何自处？人到老年，愈发怀念旧

日时光，追忆青春年少的纯真与率直。那些留在心底的往事，如今想起仍觉温暖，仿佛带着炽热的温度。

聚会那天，秋高气爽，天空湛蓝，白云如絮，我的心情格外舒畅。从杨浦区出发，换乘 20 路公交车，一路驰骋。窗外花团锦簇，法国梧桐挺拔如昔，仿佛在诉说南京路的百年沧桑。下车后，我来到“上海人家”酒家，在林荫道上见到一位身着黑绿猎装的女士，背影酷似班上最小的同学阿荃。我鼓起勇气呼唤她的名字，她回头一愣，随即与我热情相拥，共叙往事。

携手走上四楼，我们悄悄站在自助餐厅门口，望着圆席上的同学们，一时无言。班主任张老师第一个喊出我俩的名字，大家纷纷相认。虽有些名字已模糊，但重逢的喜悦溢于言表。张老师拿出全班名单，更让我们震撼不已。他的关怀与教诲至今仍影响着我们。我特意带去了自己的山水画册和获奖文章，作为学习成果敬赠老师。

此次聚会仅有 15 人到场，但我深信，全班同学始终尊师重道，此情永恒。老师见到我们分外欣喜。我想，今日相聚不仅是为了叙旧，更是为了展望未来。对年迈的我们而言，生命与健康最为珍贵。学习他人之长，弥补自身之短，是我交友的准则。愿我们继续发扬团结友爱的精神，让每个人重温青春大家庭的温暖，今后常联系，互尊互爱，携手同行。

宴席间，楼外阳光灿烂，彩旗飘扬；厅内春意融融，欢声笑语。吕佳芳、黄新蓉两位同学还热切地希望我能指导她们的孙辈学画。大家穿梭于座位间，畅谈往事，红光满面，童趣盎然。菜肴的滋味已不重要，重要的是人性中那份至情至善的流露——相依相慰，弥补四十一年来的缺憾。

四十一年，一万四千多个日夜的期盼，人生能有几回这样的重逢？当相机快门按下的瞬间，幸福定格为永恒。愿这份纯洁的友谊长存，愿天意为我们铺就一条五彩云路，让我们携手奔向老有所学、老有所乐的金光大道！

让我们的歌声响彻浦江两岸：望着天边的星与月，期待再相见，情谊永不灭……莫忘母校的雨雪，莫忘同窗的深情，那条友谊之路，是我们永恒的纽带！

栖霞送来美苹果

栖霞的人儿，栖霞那香甜的苹果呀！第一次相聚，第一次品味，竟是在分别后的四十三个春秋之后……

崔淑贞，这位上海同窗、栖霞故人，是我在山东最珍贵的知己。她以柔情绿化了无垠的沙漠，以真诚揭开了夜幕，点燃了万盏明灯。即便已至花甲之年，我们亦要重逢。

岁月或许会改变我们姣好的容颜，却永远无法改变那份同学少年的纯真情感。时代的列车冷酷地将我们载至花甲这一站，山遥水远之间，我们的人生已历经了无数个乍暖还寒的春夏秋冬……

就在分别四十余载后的此刻，我们终于重逢。张舜发老师也赶来参加了聚会，向我们致以班主任的深切关怀与坚定支持！我们上海的同学都期盼着远在栖霞的淑贞能来沪一聚。思念的弦紧绷得让人疲惫，回乡的路似乎遥不可及，从炎炎夏日一直盼到了寒冷冬日。然而，我们深信：无论四季如何更迭，那份纯真的情感定能炽热如初，依旧如流水哗哗，依旧令人陶醉迷蒙，依旧能让我们有雀跃返童的欢愉时刻 。

她来了！她从山东栖霞，那个素有“胶东屋脊”之称的遥远地方而来，那里是享有盛名的“中国苹果之都”“中国苹果第一市”，一个风景如画的胜地。真的，她翩然而至，中等身材，素衣轻裹，大眼睛里闪烁着质朴与憨厚。她是如此大方，真心实意，竟然提前为大家寄来了栖霞的驰名苹果……

我们这一次的相聚可谓别开生面，人数之多（29 名），情谊之深重，心情之欢愉，皆前所未有。聚会地点选在了上海南京路的一处酒家。事先，有同学特地随车运来了两箱栖霞苹果，为聚会增添了浓厚的家乡气息。

王伟国先生为人热忱豁达，处世练达，尤擅书法，且乐于助人。他曾感慨：“我从未见过像我们同学之间这般真挚的团结之情。”此前燕云楼聚会便是由他精心筹办，此次虽遗憾未能参与，但我们仍深深感念他的付出，并始终欢迎每一位同窗的到来！

2011 年 12 月 16 日，天朗气清，阳光和煦，仿佛连天空也为栖霞人的真挚情谊而明媚。上午 10 时，尽管黄浦江畔寒风凛冽，我们仍满怀喜悦，步履匆匆地赶往酒家。43 年的等待，终于在这一刻化作重逢的欢欣。试问，人生能有几个 43 年？又有什么比半世纪后的聚首更令人心潮澎湃？那一刻，心跳如雷，热血翻涌，只为迎接这颗历经岁月沉淀的深情之果。

紫澜门餐厅温暖如春，宾客们褪去厚重的外套，身姿舒展，更显优雅。女士们衣饰华美，容光焕发，双手珍重地接过那红润饱满的栖霞苹果。啊！这烟台苹果色泽鲜亮，入口脆甜多汁，毫无酸涩之感，亦不觉粗硬难咽，单是两个便足有一斤之重。栖霞真不愧有“苹果之乡”的美誉！

这是栖霞人的骄傲，也是淑贞的深情厚谊。我们细细地品味着这份独特的甜蜜与温情。大家像小孩一样，你望着我，我望着你，咧开嘴微笑，万般柔情涌上心头。我们天涯海角诉说心声，心心相印。何时再相见？我们期待着再到栖霞，亲手摘下那果园里的大苹果，让彩霞直照心中，再一次共享那甜蜜的滋味。那时，我们定会依依不舍……

这一天，欢笑声不断，大家合影留念，将这人世间最温馨美好的瞬间永远定格。聚会上，我终于见到了张雯芳，这位从小学到中学的同窗挚友，她风采依旧，明艳动人。我多么希望能再次聆听她指间流淌的琵琶曲，感受她婉转动人的评弹唱腔，那真是令人沉醉的艺术享受。

席间有朋友告诉我，他们是通过我的文字和影像先认识了我，今日才得以相见。这份情谊让我倍感温暖，便以画册相赠，聊表心中深深的谢意。

特别感谢任竞慧赠予我和淑贞的贴心礼物，也衷心感谢吕佳芳亲手绘制的小屏风。然而最令我惊喜的，是初次相见的马梅英。她告诉我，这次多亏宋澄川的接送相助，言语间满是感激。这份真挚的情谊如此动人！我深深敬佩梅英的坚韧，她在病痛中顽强抗争的模样令人动容。我们长久相拥，仿佛她正以胸口的温度传递着无声的祝福，激励我继续前行。任何困难都不足惧，活着本身就是最大的幸福！相隔经年，千言万语终难诉尽，唯愿她早日康复。我将脸埋在她肩头，深吸一口气，任感动的泪水无声滑落。这一刻的深情，唯有我们彼此懂得。

聚会接近尾声，情意正浓，我与阿琏、芊芊、淑贞、咏新、福娣、阿荃依依不舍地围坐在客厅，促膝长谈，直到服务员熄灭了灯光，我们仍不肯离去！我们相谈甚欢，围坐成圈，心与心的距离仿佛更近了。大家一遍遍嗅着、品着那栖霞苹果，馥郁的果香萦绕周身，渐渐弥漫整个紫澜门餐厅，最后竟飘进了我远在三清山的书画院。淑贞听到后高兴极了。

最后，大伙儿一致认为，友情、生活和健康最珍贵。以后要一起去美丽的地方旅行，优雅地享受生活；再去栖霞看望淑贞，品尝甜美的苹果，延续同窗情谊。这个愿望一定能实现！

人生遗憾往往源于某个瞬间的选择。我跟阿琏说："这次聚会最重要的是好好款待远道而来的淑贞，展现上海人的周到与热情。"

平安健康就是福。记得芊芊准备的精致午餐，阿琏送我的诗："理想是一颗种子，由你去播种；生活是一幅画卷，由你去渲染；事业是一方净土，由你去创造。"还有澄川那句朴实的"希望我们都好"，简单却温暖人心。

是的，我们每一个同学都以不同的方式来表达对朋友的深情厚谊，这多么使人难忘。任竞慧来信告诉我，她已将同学们的照片发到了网上，张张笑靥如花，洋溢着同窗之谊、姐妹之情。

无论是天南地北，无论青丝白发，我们共同谱写着这首永恒的校园之歌。歌声将回荡至栖霞的朝霞满天，飘荡在硕果累累的果园，飞扬于海天一色的金涛之间……

每当早晨太阳升起的时候，我心中便涌起思念的潮汐，牵挂着那座最早沐浴朝阳的霞光之城——淑贞的故乡山东栖霞。我愿化作逐浪的海鸥，嬉戏滩涂，欢歌云霄，在这片最先拥抱阳光的土地上，见证天地间第一缕璀璨，感受人间第一抹温暖！

达子飘香　期盼重逢

达子香花，学名兴安杜鹃，是东北大小兴安岭地区的特有花卉。它因地域和民族差异而拥有诸多别称：迎山红、满山红、映山红、靠山红、金达莱……每一个名字都承载着独特的文化记忆。

每当花期来临，达子香以绚烂的花姿装点山野，为人们带来视觉的盛宴。这片花海不仅承载着自然的馈赠，更寄托着人们对美好生活的向往。在北大荒人心中，达子香象征着蓬勃的生命力——那漫山遍野的嫣红，那沁人心脾的芬芳，无不令人精神振奋。春风过处，花香满坡，仿佛天地间最动人的团聚，诉说着黑土地最深沉的情怀。

正因如此，达子香花一次次见证了我们北大荒人的重逢。2003 年 9 月，我第一次参加上海知青建设北大荒五大连池 35 周年的庆典大会；2008 年，我又有幸参与了同样的欢聚盛会，每次回想都令人心潮澎湃。虽然一天之内要赶着完成演讲、拍照、聚餐、看视频、表演节目、促膝谈心等活动，但每个场景都历历在目，让人念念不忘。相信每位朋友都有同感。每次激动人心的相聚，都让我们满怀深情地赞美与期盼。我们赞美用青春谱写的战地之歌，哪怕如今青丝已成白发；我们期盼大家常聚常新，五年一大聚，一年一小聚，不忘每个老友的姓名，不错过每次重逢的机会，永葆青春之心，老当益壮。

我们回眸过去，重温往事，那是一种青春的再现，一种淳朴的回归。彼此间不分高低与贫富，只有一张张亲切如初的笑脸在寻觅，寻觅北大荒时的身影；一双双晶亮深沉的目光在找回，找回冰天雪地中拼搏的勇敢与相互慰藉的温暖。

尽管那些年月淬炼了我们一生，带来了脱胎换骨的疼痛与勇气，尽管白山黑水给我们带来了千回百折的险峻挑战与顽强磨砺，然而，我们为建设边疆、保卫边疆，远离家乡，奔赴前线，勇往直前，担当重任。

我们这些人，怎能不期盼 45 周年这一天的重逢呢？ 44 年的岁月，人世间多少亲历亲闻的事可以忘却，但边关的记忆、五大连池的风雨同舟的兵团战友、患难与共的乡亲们，却永远忘不了！ 44 年前的小青年，我们曾活蹦乱跳，执着马鞭奔向黑土地的茫茫原野，随着岁月的荏苒，如今居然变成了长辈。

我们的前半生还没有享受过，额头却已爬满了皱纹；我们的纯真花季尚未尽情绽放，头发却已斑白。岁月无痕，默默逝去，青春匆匆，渐渐老去，上苍是那么顺其自然，亦无情无意。但这也如实见证了我们在征途跋涉中的坚忍砥砺，既丰富了阅历，也增长了知识。

一切都能被岁月磨去，唯独不能磨去的是艰苦拼搏、不屈不挠的精神，还有无私无畏、助人为乐的情谊。

在我们的记忆中，有五大连池碧波荡漾，像五朵莲花形成的美景；有黝黑奇特的 14 座火烧山和老黑山喷火后留下的深邃洞口；有原始森林满坡遍地的野菜、蘑菇和松子、榛子；有参天的白桦林与层林尽染的红枫林；有骨瘦嶙峋的幽冥石龙、旷野恐怖的黯然石海；也有俱乐部舞台上歌舞乐器的欢快声与热炕上的打闹嬉闹、窃窃私语声；还有拉爬犁上山砍柴的林海雪原经历，使我们渴饮冰雪，饥啃冻馍；更有在警备连急行军，一级战备时匍匐前进在厚雪中的情景，当场背包散落，棉胶鞋穿错的狼狈模样。冻伤、冷痛、挫折、叹息，回旋在夜宿的帐篷里……咱们都有过一段不同寻常的磨砺，想象起来可怕，却都刚强地挺了过来，至今还当作笑料，在闲聊中乐观地提起。

2003 年、2008 年的聚会场景仍历历在目，战友们临别时那声声叮嘱仍萦绕耳畔：“保重身体，五年后我们还要见面！”

这朴实无华的约定，饱含着最真挚的牵挂、最温暖的慰藉。

时光飞逝，岁月催人老，朦胧月色中，旧日情怀再上心头。细细想来，多想托明月捎去只言片语，待到重逢那刻，该有多少感怀的热泪，多少难舍的相拥啊……

2013 年，在 45 周年的庆典聚会上，我们依然期盼着在五大连池、在北京、在上海、在祖国各地欢聚一堂。以燕山长城的巍峨为证，借浦江明珠的祥瑞为愿，我们互道珍重，祝愿老友平安康泰。让这一份心灵的约定，如同达子香般绽放出红艳艳的希望之花；让我们怀揣赤诚之心，同舟共济，携手前行。

往昔岁月，我们就是这样满怀真情，与达子香相伴走来；未来，我们仍将如此珍视这份情谊，与达子香一路同行。

知青胜缘　大枣深情

2014 年金秋时节，枣香四溢，落英缤纷，正是情怀涌动的时期，也让我有幸邂逅了一场美好的相聚。

我们北大荒知青五大连池宣传队，在九月相聚于北京，下榻之地正值西京水乡、翠湖之畔。风和日丽，初照西岭水库，上庄镇的南沙河河水潺潺，湖光山色，古木参天，真是风景秀美的度假村！这里是一片五千余平方米的森林氧吧，数十米高的杨林四周环抱，青山绿水，荷塘月色，美不胜收。

我时常惦念着住在上庄敬老院的吴卫东。这位当年奔赴内蒙古插队的北京知青，在校时就已是学生骨干，思想进步，积极向上。他本已报名去内蒙古屯垦戍边，却因身体原因未能如愿。谁知他竟瞒着家人，偷偷踏上了北去的列车！

在草原上，吴卫东成了知青们的榜样。他事事带头，吃苦耐劳。求知若渴的他，把泥瓦房当教室，就着咸菜稀饭充饥，在煤油灯下苦读，学习南泥湾精神，开荒种地，自力更生。在这片广阔天地里，他劳动、学习、生活，乐在其中。

然而，狂风雪暴突然袭来，无论你是谁，无论你有多大能耐，若没有及时御寒避难的本领，便难以过关。往往连牦牛、肥羊都会被活活冻死！那时的知青年幼单纯，怀着一股子热血沸腾的奉献精神，哪里知道马背上的内蒙古牧民是怎样与风沙搏斗活下来的？吴卫东体质欠佳，到内蒙古大草原后不久便遭遇暴风雪。为了抢救国家财产，他奋不顾身冲在前面，不幸在严寒中双腿严重冻伤。后来因不重视病情，治疗不善，他不幸致残，坐上了轮椅……

祸不单行，妻子提出离婚。孤独无助的他，全靠年迈的老母亲悉心照顾。可怜天下父母心，当老母亲实在无力照顾时，他便和母亲一同住进了敬老院。母子相依为命，虽然生活艰难困苦，不能完全自理，但敬老院位于北京郊区，设施、环境、服务等各方面都是优质的！我心中越想越替他惋惜难过，越想越渴望见他一面。

9 月 18 日，我刚抵达北京尚庄，中国知青网的好友乔丹阳便与我取得了联系，相约去见吴卫东。没想到距离如此之近，只需开十分钟摩托便能到达度假村，这让我高兴极了！

次日清晨，宣传队进行了集体排练，下午便迎来了总汇演。南北乐队联袂奏响《洗衣歌》，我的笛声作为引子，由强渐弱，由近及远，余韵袅袅。兴致来时，我们漫步幽径，拾级而上，徜徉于典雅的长廊之间。魏立取出我们共同创作的三段式《期待》主题歌，花甲知青们的合唱声瞬间响彻尚庄。乐队激昂，战友们动情歌唱，仿佛置身辽阔北疆，思绪又回到了五大连池河畔。那动人的旋律，似要唤醒兴安岭上怒放的达子香，又似在轻抚摇曳的忘忧草。老知青们恍若重回46年前的青春岁月，那时我们风雪同舟，而今我们徜徉山水。因这字字入心的歌词，因这缠绵动人的旋律，我们放声高歌，热泪盈眶。

果然，吴卫东来了！他驾着三轮摩托驶来，丝毫看不出他是个病人。我放下手中的乐器，一个箭步飞去，跨过长廊的高高的长板凳，去迎接那个身影。听到他叫我的响亮声音，我感动得热泪盈眶。虽然我们经常在网上讨论文章，但这次真真切切地相遇，一时间竟有些无言以对。还有什么比不期而遇更让人心潮澎湃呢？两个老知青，一个来自北国，一个久居南方，此刻在尚庄的晨光里欢喜重聚。粗糙的手掌相握时，我忽然明白：这片土地确是我们的福地，是知青情谊生根发芽的绿洲，更是我们晚年续写缘分的精神家园。

尚庄的远山在晨雾中若隐若现，宛如一幅徐徐展开的水墨长卷。青翠的山脊在薄雾中起伏，与天际线缠绵交织。脚下的草地还沾着晨露，每一步都踏出细碎的水光。园林里的亭台楼阁披着朝阳，为这场期盼已久的重逢镀上一层金边。

老吴的笑声比晨风还清爽。他眼角漾开的细纹里藏着岁月的智慧，花白的头发倔强地支棱着，像极了年轻时那个不服输的知青。缺了牙齿的嘴笑得开怀，倒显出几分少年般的率真。“尝尝这个！”他变戏法似的从怀里掏出一袋大红枣，“昨天学生新摘的，我知道你喜欢吃！”

枣子在掌心沉甸甸的，红得发亮。我郑重地将题好字的书画送给他，并与他在福寿亭前留下合影。阳光穿过枣树的枝叶，在我们身上投下斑驳的光影。那一刻，彼此的无限期盼与实现相逢的喜悦，在阳光灿烂的氛围里渲染得淋漓尽致。

那袋饱含情谊的山东大枣，最后还是坐着老吴的摩托回家了。我们聊得太投入，谁也没注意到我把枣子落在了车踏板上。直到电话里传来老吴懊恼的埋怨：“我这个老糊涂啊！”我在电话这头笑出了眼泪。这小小的插曲，倒让这份情谊更显珍贵，就像那枣子，经年的情谊，越品越甜。

人杰地灵　香桂传奇

令人惊奇的是，那年直至寒冬，江西玉山县城竟未飘落一片雪花，真可谓暖冬。更令人高兴的是，即便经历了“三秋桂树飘香”的热闹，入冬后桂花也并未全然凋谢。冰溪河畔，一片片朝 阳桂花林依旧繁花似锦，那淡黄色、小巧玲珑的花仙子，一串串、一束束地悬挂在枝头，散发出淡淡的清香，让游人感到舒心安宁。这真是不可多得的好时节！

我生来就爱极了桂花。她虽不起眼，却默默地绽放着清香。应物象形，怜香惜玉，我自小也因是家中排行最小的老七而总怕家人瞧不起。因此，我总暗暗较着劲，想做出些令人刮目相看的事来。

记得小时候，在浦江两岸的鹅卵石小路深巷里，夜深人静 之时，我躺在旧石库门阁楼的木板地上，耳畔时常传来巷子里“咯吱咯吱”的扁担声。那是浦东来的小贩挑着炭炉子，一声声悠长的吆喝在夜雾里荡开："桂花赤豆汤……五香茶叶蛋……"带着水乡特有的绵软尾音，像支摇篮曲似的，把人的馋虫都勾了出来。母亲说，我吃饱了就不能再吃东西。我只能听着那渐行渐远的叫卖声，把口水咽了又咽。奇怪的是，那些没吃到的滋味，反倒在心里酿得愈发香甜，最后都化作了梦里的桂香，伴着我沉沉睡去。

长大后，我对桂花的痴迷愈发浓烈。清晨熬粥时，总要舀一勺琥珀色的桂花蜜搅进去；逢年过节，芝麻汤圆必得浮在缀满桂花的糖水里。看那金黄的花粒在瓷碗里舒展，整间屋子便浸在清甜的芬芳中，连呼吸都成了享受。

偶然得知，这令我魂牵梦萦的桂花竟是养生佳品。科学研究证实，桂花茶中富含钙、磷、钾等对人体有益的微量元素。桂花泡茶饮用，既能润肺止咳，又能消愁解郁。桂树更浑身是宝，树皮可入药，枝叶可制香。难怪古人说"桂子月中落，天香云外飘"，这质朴的芬芳里蕴藏着天地馈赠的慈悲。

夜深人静时，桂香常引我梦回故里。恍惚间又见弄堂月色，听见母亲在灶间熬制桂花糖的声响。一缕乡愁便随着花香漫上来，在心头缠成解不开的结。如今我在冰溪河畔写作，三清山的雪水蜿蜒成碧玉带，两岸草木泛着早春的鹅黄。没有雾霾的晴空下，一杯桂花茶在案头氤氲，仿佛能听见故乡在低语：游子啊，可还记得这泥土的芬芳？

每当此时，文思便如春泉涌动。我的新作《觉语》《觉心》里，字字都沾着桂香。这来自大地的馈赠，不仅滋养着我的身体，更温润着笔墨，让每个方块字都饱含生命的温度。

前两年，上饶市云碧峰下百灵草山庄雅阁的设计师黄锦华专程到玉山来，赠给我用山庄金桂腌制的桂花蜜。那芬芳扑鼻、沁人心脾的美妙享受，让我难忘。

我还想去看看那夕阳如大团金子般的景象，它是怎样照耀着万柳洲、农家村庄、小桥流水、吊脚楼而缓缓落下的？因为那些天，上海友人专程来看我笔下描写的冰溪河“追日”景象，可惜他们没能见到，为此很懊恼地回去了。这一直让我感到很抱歉，对不起千里迢迢来访的友人。

我不信！裹紧那件闪着暗蓝光泽的海派风衣推门而出。数九的东北风裹挟着水寒气，刀割般地刮在脸上。我原以为心爱的金桂早已凋零——前些日子友人到访时，满坡金桂开得正好，仿佛通晓人意般以满树芬芳相迎。如今宾朋散尽，想来也该是花瓣凋零的光景了。

可河畔的景象让我怔住了：一株株桂树依然挺立，绿叶间竟还缀着繁星般的金桂、银桂！没有人为摇落，只有风过时的自然飘零。那些细碎的花瓣像被揉碎的金箔，在青石板路上铺出蜿蜒的香径。更奇的是，寒霜竟让花香蜕去了甜腻，淬炼出清冽的幽芳，每口呼吸都像饮了冰镇的蜜露。

我不禁踮起脚尖，轻轻吻过那些倔强的小花。它们像是冬天故意留下的谜题——在最凛冽的时节，偏要证明温暖的所在。这满树金粟，分明是岁月给执着者最好的馈赠。

冰溪河畔的北岸在新年换了人间。玉山县的改造工程让这里脱胎换骨——那些曾经杂乱的居民楼，如今都披上了徽派的素雅外衣。白墙青瓦在冬日里格外醒目，飞檐下的防风墙勾勒出婉转的线条。入夜后，珠玉般的灯笼次第亮起，将整条街巷映照得如同天上街市。

最妙的是那些点缀其间的绿意：新栽的桂树与茶花在寒风中挺立，古色古香的凉亭和长廊错落其间。玉虹桥头，清代石雕壁画重现光彩，水晶玻璃镌刻的商贾往来图景，让人恍见昔日水码头的繁华。那段修葺一新的明代古城墙，像条沉睡多年后苏醒的巨龙，在冰溪河岸巍然盘踞。

我站在桥头新亭极目远眺：粉墙黛瓦的街巷沿着蜿蜒的水流舒展，远处武安山的轮廓在晨雾中若隐若现。待到三月，这里的梯田将会铺满金黄的油菜花，桃花坞的绯云与杏花村的雪浪交相辉映。白鹭掠过万柳洲的水面，野鸭在芦苇丛中嬉戏，好一幅“十里春风不如你”的江南画卷。

这哪里只是城市改造？分明是把千年的文脉，一针一线绣进了现代生活的锦缎里。古城墙上的每一块砖石，都在诉说着岁月的故事；新栽的每一株桂树，都延续着生生不息的期盼。

如今，这些倔强不肯凋零的香桂，莫非早已知晓玉山将迎来盛事？果然，中国台球世界锦标赛的旗帜在这座小城猎猎飘扬。开幕式上，来自三十多个国家的台球高手云集于此，球杆轻叩的声响仿佛在与冰溪河的水声应和。虽然我未能亲临赛场，但我知道——玉山这个名字，正随着台球碰撞的脆响而传遍世界。

寒风中，金桂依旧吐露芬芳，与岸边盛放的茶花相映成趣。茶花红得热烈，像待嫁的新娘；桂花香得含蓄，似温婉的闺秀。这一动一静，恰如人生中那些珍贵的相遇，虽然邂逅短暂、言语不多，却因志趣相投而成为永恒的记忆。

武安续缘　冰溪抒情

细雨润湿了立春的街道，微风裹挟着泥土的芬芳。2010年的这个清晨，当我接到那个久违的电话时，手指竟不自觉地颤抖起来。电话那头传来熟悉的声音："老朋友，我和慧珠来看你了。"刹那间，三十七年的光阴仿佛被压缩成一个闪回的片段，那些尘封在记忆深处的往事，如同冰溪河的春水般奔涌而出。

我们相识于德兴银山铅锌矿的职工医院。那时的你刚脱下军装，白大褂里还透着军人的挺拔；而我拖着北大荒带回来的病躯，寄居在当医生的二姐家中。姐姐除了养育女儿，还要用微薄的收入省吃俭用供养我。这份恩情，至今想起仍觉喉头发紧。矿区文工团的扬琴声曾给我短暂的慰藉，可终究抵不过命运的捉弄——我抹着眼泪收拾行囊，第二次下乡去了农林场，终日与算盘和账本为伴。

你像山间的毛竹节节高升，从医生做到书记、副院长；我却在田埂间深一脚浅一脚，与农具为伍。命运给我们相同的起点，却画出迥异的轨迹。那些年你开处方的手和我拨算珠的手，其实都在写着同一本人生账簿——只是你的墨迹清晰工整，我的却洇满了汗渍与泪痕。

二十七年的杳无音信，我几乎以为这份友谊就要随着岁月飘散。直到那个立春的早晨，你的声音穿越时光的隧道，将我从记忆中惊醒。挂断电话，我久久伫立在画室的南窗前，望着武安山的轮廓在晨雾中若隐若现。冰溪河的水声潺潺，仿佛在诉说着这些年的等待。

你们到来时，雨丝正密。老友的红润容颜未改，只是眼角添了几道岁月的刻痕。我们围坐在茶案前，氤氲的水汽模糊了彼此的面容。你说退休后定居江阴，儿孙绕膝；我说在玉山开了间书画院，与笔墨为伴。谈话间才惊觉，原来我们一直住在冰溪河的同一岸——从我的画院向东，过玉虹桥，只需半小时就能走到你家祖传的老宅。

那栋位于十字街520号的百年老屋，门前还立着那棵见证家族兴衰的老橘树。你带我走过蜿蜒的古城墙遗址，青砖上爬满了岁月的藤蔓。这里曾是县城最热闹的集市，如今只剩下老人们茶余饭后的谈资。你指着一段残垣说，小时候常在这里玩耍。我伸手抚摸斑驳的砖石，恍惚间似乎听见了往昔的喧闹声。

暮色渐浓时，我们来到冰溪河边。万柳洲的芦苇在晚风中摇曳，几只白鹭掠过水面。你指着远处说，那里就是郁达夫笔下的“东方威尼斯”。我想起他描写的场景：“沿城河一排住宅，窗明几净，倒影溪中，远看好像是威尼斯市里的通衢……”这景致自明代崇祯年间就未曾改变，当年徐霞客游历至此，也在《江右游日记》中留下了记载。

雨丝渐渐密了，我们却舍不得道别。你说起祖上做木材生意的辉煌，说起兄弟姐妹八人的近况；我谈起这些年在书画中寻得的慰藉。谈话间，一只鱼鹰掠过水面，激起圈圈涟漪。这让我想起小时候在浦西弄堂里，听着“桂花赤豆汤”的叫卖声入眠的夜晚。如今，那些没吃到的滋味都在心里酿成了乡愁。

夜深了，雨打芭蕉的声音格外清脆。我们相对而坐，仿佛要把这半辈子没说的话都补上。你说当年我婚变时，你和医院领导如何为我奔走；我说记得你第一次穿白大褂时的模样。记忆像一条珍珠项链，被时光的丝线重新串起。

临别时，你送我一包自家种的橘子。我捧着这些金黄的果实，想起屈原《橘颂》里的句子：“绿叶素荣，纷其可喜兮。”这橘树就像你们的家风，历经风雨却愈发挺拔。你笑着说：“明年开春再来看你。”我点点头，看着你们的背影消失在雨雾中。

如今每当我走过冰溪河畔，总会驻足望向玉虹桥的方向。河面上倒映着武安山的影子，几只野鸭悠闲地游过，划破水中的天空。我想起戴叔伦的诗句：“家在故林吴楚间，冰为溪水玉为山。”这山水养育了我们这代人，也见证了这段跨越半个世纪的友谊。

有时我会在画室沏一壶茶，对着你们坐过的位置出神。茶香氤氲中，我仿佛又听见你们的笑声。案头的橘子渐渐风干，却依然散发着淡淡的清香，就像这份情谊，历久弥香。

石因韫玉而山辉，水因澄清而人健。在这座被徐霞客、郁达夫赞美过的小城，我们的故事不过是历史长河中的一朵浪花。但对我而言，这份情谊就像冰溪河的水，清澈见底，源远流长。

（谨以此文献给好友陈郁桐、张慧珠伉俪）

第五辑

DI WU JI

问觉心

枇杷情深：二十七载的感恩与感悟

2010 年 6 月 7 日，芒种时节，我与先生刘鹏飞回到玉山家中。口干舌燥之际，我取出包中的枇杷品尝。这些金黄果实是银山铅锌矿的潘秀兰、王玉霞母女从自家院中的枇杷树上摘下的。甘甜中带着微酸的滋味，让我不禁吟道："枇杷树高郁郁葱，亭亭玉立堪峥嵘。硕果累累金满院，二十七年一度逢。"

这枇杷，承载着老友间最质朴的情谊。二十七年前，我曾历经一段黑暗岁月。那时遇人不淑，婚姻不幸，生活陷入绝境。就在我几欲轻生之际，矿医院的马宽生医生及时劝阻了我；当我哀怨无助时，黄球主任的一声大喝将我拉回现实。医院院长席淑娴和书记王春会等人更是给予我无私的帮助与支持，让我重拾生活的勇气。

在席院长的指点下，我学会了收集证据保护自己。老潘的爱人王书记敏锐地察觉到我交予保管的"重要物品"实为关键证据，他立刻将材料送至保卫科留证。正是这些正义之士的相助，才让我最终挣脱桎梏，重获新生。

回首往昔，我深感忏悔。二十七年来，我竟疏于联系这些曾救我于水火的恩人。怀着这份愧疚，我与先生刘老师踏上了重返银山矿的旅程。

矿区已焕然一新：昔日的黄泥路变成了宽阔的柏油马路，排污沟被填平，空气中不再有刺鼻的硫磺味。当我们来到席院长家时，她 82 岁高龄却精神矍铄，见到我时如孩子般开怀："七芝来了，太好了！"院长的女儿王淼热情相迎，我们相谈甚欢。

席院长感慨道："若非经历大苦大难，七芝不会取得今日成就。苦难使人成长，而刘老师给了她智慧与力量。"这番话让我潸然泪下。是啊，没有当初这些善良之人的仗义相助，怎会有我的今天？

老潘母女闻讯赶来，我们相拥而泣。二十七年的牵挂，岂是一个拥抱能尽诉？来到老潘家的庭院，只见枇杷树枝繁叶茂，金黄的果实挂满枝头。小朴拿着竹竿打下枇杷，我们边吃边聊，恍如回到从前。同样的果实，如今品尝却格外甜美，只因多了一份历经沧桑后的感恩之情。

离别时，我向老潘喊道："等下次枇杷成熟时，我一定再来看你们！”老潘低头轻语：“你爱吃，我下次叫人给你带来……”阳光下，她们远去的背影渐渐模糊，而那份情谊却永远铭刻在心。

二十七年的光阴让我明白，当命运将人抛入低谷时，往往正是重生的契机。感恩那些伸出援手的人，是他们让我懂得，生命中最珍贵的不是避过风雨，而是在风雨中依然能看见人性的光辉。

爱的诠释与奉献

天、地、人三者的结合，孕育出了“爱”字。这个字充满了希望与和谐。

让我们来细细品味“爱”字的结构：头顶上的一横，象征着苍天；其下的三个点，分别代表着亲情、友情与爱情。紧接着的帽框，宛如广袤的大地，而在这大地的支撑与庇护下，最为显眼的便是“友”字,它彰显了人类之间深厚的友谊与情感。这个“爱”字，深深植根于中国这个大家庭之中，它所传达的人性化情感，无论是亲情、友情还是爱情，都与中国文化紧密相连。爱的奉献，让生命力旺盛，充满活力，造字者的智慧，实在令人赞叹！

亲情，源于血脉相连的天然纽带；爱情，萌发于两心相悦的白首之约；友情，则植根于志同道合的惺惺相惜。这三种关系，构成了人世间最为完美的爱，它们共同诠释了爱的真谛。

古往今来，无数人为这种爱而感动，催泪的故事层出不穷，挥之不去。

在“金色年华”的团队中，我们时常能感受到这种至情至爱。十几年来，吴祖康与爱人周建新共同创办的爱国网站，虽历经艰难曲折，但在他们的诗文、摄影与影像艺术中，我们仍能感受到他们对生活的热爱。他们的故事，得到了各媒体的广泛报道与传播，我们衷心祝福他们坚守不息，一路取得斐然成就。

老知青刘福明写的《爱的延续》散文，字字句句都透露出深情。岁月无情，人生半百时妻子离去，留下父子相依为命。他担当起父母的双重角色，给予儿子无尽的关爱。然而，当儿子长大成人要出国留学时，面对巨大的经济压力，他竟然选择卖掉唯一的房子来支持儿子。这种选择，是常人难以做到的，但福明做到了。他的决定让大家震惊，也让大家为他的未来担忧。然而，他却以坚定的信念和乐观的态度面对生活。他卖掉房子后，可以说一无所有，但大家从他的眼神中看到了坚强和希望。

福明伟大的父爱令人敬佩，也令人为他捏把汗。幸运的是，他的儿子懂事孝顺，七年后回国大有发展，反哺给父亲一套更精美的新房。从此，他们重新过上了和睦的家庭生活，三代人享受着天伦之乐。真是好心有好报，我们为福明感到高兴。

天津知青刘世琴（晓琴）写的纪实文章《唐山地震与我们》，则让人心惊肉跳。1976年夏，唐山发生强烈地震。那一天，知青们回唐山市探亲却全遇难了，唯有晓琴一家因小女儿发高烧没能回去。然而，乡下也是余震不断，房屋倒塌，十分危险。队长领着乡亲们已经转移出去，但晓琴却冒险回家找退烧药给女儿吃。她凭着一个母亲对女儿的强烈责任感，不顾一切地抱着女儿冲向摇晃危险的家。刚出门去，猛然间房梁倒下，千钧一发之际她用身体保护了女儿，自己的后背却受了伤。在诚惶诚恐中，她强忍剧痛再次冲出去，却发现自己和女儿已经掉队。野外一片漆黑，她们孤立无援。更不幸的是，她们又掉进了比人还高的石灰缸里。在绝望中，晓琴凭借着母爱的伟大力量，先是用双手把女儿抛上去，然后自己再咬牙爬了上来。母女俩在生死关头捡回了性命，这是生命的顽强、血缘的珍贵和母爱的伟大的最好诠释。每当遇到困难时，我们只要想起晓琴与生命拼搏的力量、不畏艰难的精神，就什么都不怕了。

“金色年华”团队成员的精彩人生与精湛佳作，正等待着我在闲暇之余慢慢品读、细细体味。我相信，自己定能从中领悟出许多深刻的道理，并撰写出众多的读后感想……我们为“金色年华”、众志成城、团结友爱的精神所感动。他们就像北大荒原野上盛开的一朵朵金黄色向日葵，朝着阳光雨露昂然绽放，呈现出一派生机勃勃的景象。

感谢“金色年华”的各位朋友，在我前进的道路上给予我支持，在我写作的探索中给予我温暖的鼓励。你们一路无微不至的关爱，让我深感温暖。在这条漫长的学习路上，每一位优秀人才都是我学习的榜样。无论身处何方，好的作品无不在彰显着赤诚之心，诠释着一个温馨的爱字。

爱的诠释无处不在，爱的辉煌无法尽述。爱，是真善美的传递，是道德文明的积淀。因为这份爱，蕴含着人间的淳朴与真情！

月明风清

江南的玉山，我家的画楼，自1999年夏天购得，至今已经历二十多个春秋。这里一直是我书画文学创作中酷爱的仙境胜地，依山傍水，朝夕相伴。我们偏爱幽静，它为我们的暮年生活增添了一抹青春活力的乐趣。然而，也需忍受三伏天与秋旱少雨的季节，那烦热闷人，仿佛火焰侵食。

立秋已过，处暑将至，气温却依然居高不下，酷热难消，这便是“秋老虎”的一时逞威！

我多么渴望能击退它，让伏旱中降下一场“坨子雨”，为烤热如火的农田与人间洒下清凉的甘霖，尽早迎来秋收的喜悦……

入夜，天空湛蓝，明月东升，黄澄澄地挂于一角，凌空独步；白云薄薄地聚合，围着月亮亦步亦趋，情有独钟。晚饭后，我与先生最爱伴着几盆翠绿的吊兰倚窗而坐，期望在小憩中感受一丝秋意。眼下是一湾柔长的“之”字形冰溪河，静静地流淌，它源自三清山上的泉水。此刻，泛着微微暗波的河水，正由东向西缓缓地淌过树荫；它仰望着柠檬之月，伴随着华滋碧绿的古松古柏，相看那一排排珠帘般下垂的柳丝与威武雄壮似伞盖般凌然挺拔的浓密香樟，以及默然静心钓鱼的人儿……

此刻，熙熙攘攘的人们都从屋子里跑出来乘凉，人满为患。音响震天，狂歌乱舞；小摊卖货，吆喝声此起彼伏；小桌打牌，争吵不断；车水马龙，汽车尾气弥漫。甚至有人乱丢垃圾，还让宠物随地拉屎……这早已不是冰溪河那雅然低吟的琴瑟和鸣、摇棹泛舟与一方自由飘逸芳菲的净地了。然而，毫无办法，眼不见为净，毕竟是红尘滚滚……

我祈盼着丝雨片风，果真，21时，彼岸的河南面，断续吹来了一习晚风，一缕缕秋意、一段段蝉鸣，仿佛从一弯玉福楼层间悄悄拐进我家窗台，直面拂爽！呵……我的肌肤、我的神经，顿觉清凉惬意、心定神安，消除了许多闷热感。我翘首遥望那月明风清中的闪眼星座，正慢慢地移向中空，仿佛众星捧月，那么和谐、那么期盼、那么可亲可爱；哦！西南徐徐而来的柔和清风也一点点地解除了人间在白日里熏热下的疲惫与困惑，这又是多么千金难买啊……我好珍惜。

“物极必反，否极泰来”，任何时候都不应有过多的浮躁与烦恼。我们应耐心等待，尊重大自然的变化规律，入乡随俗，随遇而安。我感激月明风清，这是大自然无私赋予人类的快乐！我守望着这江南的民风善地以及我们的三清山书画院，瞭望着这山清水秀的鱼米之乡，心中满是喜爱。清清的河、明明的月、姗姗而来的清风、舒朗的兰叶，都激发了我创作的灵感。我会轻抚这一切，珍惜宇宙的灵气；我会热爱生活的每一刻变化，热爱美景中的每一处诗文佳韵，坚定地生活下去，创作下去，为这壮美河山、大好的时代、进步的人们，愉悦地歌咏流金年华。

我感悟人生：每一次心灵的觉醒，都应以智慧之光照亮周遭的晦暗，最终回归自然本真的怀抱。也许这样，我们才能颐养天年，享受健康与幸福。

浪迹天涯

在人间，这位南方的苦行者蹉跎了大半生，历经万劫，心气渐微，身躯微驼，双鬓斑白，余生她只愿面对大自然，趋吉避凶。她回想起自己曾经恨过、爱过、哭过、笑过，经历过黑暗，也见证过光明，如今更是知足常乐，随遇而安。最终，她选择了自由地浪迹天涯。

离家后，她仿佛背负着沉重的十字架，踽踽独行，跋涉在荒无人烟的茫茫沙漠之中，看不到尽头。天幕低垂，她餐风饮露，走啊走，爬呀爬，干粮吃完了，瓶水也喝光了，不知何时会干渴而死或饥饿而亡，化为一把黄土，这想法让她感到极度恐惧。她不禁自问，明知生命可能会倒在沙漠里被掩埋，为何当初还要毫无顾忌、满腔热情地踏上这段旅程？想到即将逝去的生命，她真后悔当初选择浪迹天涯，走进这一片死亡之地。

历经无数磨难，送走无数个日月星辰，饱尝无数风霜雨雪与沙尘暴的侵袭，她的心在隐隐作痛。她唯一相伴的小枣马也累死在沙漠里，她只能用黄沙将其掩埋，然后仰天伏地，失声痛哭……但她热爱学习，没有忘记只有尝尽世间之苦，才能从中参悟哲理。背负着心灵的创伤，她渴望着每一步都能有生存的光芒照耀。

突然有一天，她发现前方有一片森林和湖泊，惊喜若狂，跳着蹦着，徒步奔向了那一片可爱的胡杨林。啊！与神树邂逅，总算走出了死亡线。啊！与神湖相见于危难之中，她双手捧起湖水，热泪盈眶地喝着这甘甜的天水，仿佛要将全身干涸的每一个细胞都渗透滋润个够。此刻，她才真正感受到生命从绝处逢生的珍贵，一种感恩的心油然而生。随着轻音乐的响起，她激动万分，百感交集，即刻编起了这首悲壮的歌词：

《生如胡杨》

让我明白胡杨的坚强，

大漠孤烟是它的家乡。

蓝天白云长相随，

历经磨难不落泪。

茫茫沙漠，美丽风景线；
碧海丹心，层林染秋艳。
穿越亘古的洪荒，
脱去红尘的华装。

你站着三千年不倒，
你倒下三千年不死，
你虽死三千年不朽，
一座永恒的雕像。

让我明白胡杨的精神，
不屈不挠，勇敢向苍天。
驼铃声声飘万里，
雄鹰展翅不分离。

我骑着马儿，沙砾飞扬，
狂飙咆哮，生死不惊慌。
无怨无悔盼相守，
生命渴望多悲壮。

你站着三千年不倒，
你倒下三千年不死，
你虽死三千年不朽，
一座永恒的雕像。

她自幼便投身于音乐世界，学习越剧、演唱新歌、吹奏竹笛、拉奏二胡、击打扬琴与弹奏古琴，这些艺术形式融入了她全部的心血和时光。在文工团的演出中，她一路拼搏，经常获奖，熠熠生辉，因此受到了不少人的推崇。然而，在后半生，她却毅然决然地放弃了这一切，选择了诗情画意、写作编词、放歌原野的生活。歌声即她的心声，美词便是她的灵魂，她追求着简单而深情的人生。她愿荡涤心灵的污秽，与胡杨倾情共舞，洗刷每一次遭遇的凄凉。壮美的胡杨林，成为她精神上最宝贵、最崇拜的神灵。

心语告诉她："不要后悔，无论怎样都不要后悔。后悔的情绪比你所做错的事更加可怕，因为这会摧毁你的自信、自尊，甚至有可能让你去做一件更错的事。"是啊，"物极必反，否极泰来"，这是多么珍贵的中国道学文化，指导着人生的哲理啊。她热爱学习易经和马克思主义的辩证唯物论。在亨通之后，她从记忆库中想起了一位三清山的哲学高人，曾总结过马克思主义辩证唯物论的三大原理："两大特征、三大规律、六大范畴。"两大特征是发展和联系；三大规律为对立统一、量变质变、否定之否定；六大范畴则为现象与本质、原因与结果、现实性与可能性、内容与形式、偶然性与必然性、整体与部分。

她很感激那位哲学家，不厌其烦地通过唯物辩证法，为她举了天地人、万事万物的现实例子，比如大自然春夏秋冬正常的四季更替，谁都不能违背；日月星辰的轮番出入，白昼与黑夜，哪敢交错运行？等等。这些例子阐明了"世界怎么样""人生怎么样"的重大问题。因为哲学家认为她是个可塑之才，能够听懂最高理论，并通过联系进行发展。她很感恩，万分虔诚地拜哲学家为师，从此追随精神导师。她曾经听得入了迷，还用心地记录下来。她原以为这些是在听天书，与自己毫无关系。没料到，回首一生，竟会碰撞到人性与兽性的激烈较量，带来那么多生离死别的折磨与灾难……

此刻，一阵狂风大作，卷起一堆黄沙扑面而来，差点把她吹走。幸亏她眼疾手快，一把抓住了胡杨树，才免遭一劫。她简直要窒息了，赶快深呼吸，喘了一口粗气，抹了一把脸上的冷汗。欣然间，她对照了六大范畴里的"现象与本质"，发现完全符合辩证唯物论，于是真诚地折服了。"苦海茫茫，回头是岸"这句话警示她从偶然性走向必然性的危险性！通过阐述这一循序渐进的原理，她对照了自己的三观价值，深有见地地认识到，这是人生路上真正的精神力量，可以让她受益一辈子，学不完、用不尽。

胡杨还告诉她：生命中有望穿秋水、无限幻梦的等待，也有踔厉奋发、生生不息的希望；尤其是不期而遇、贵人相助的惊喜，让守着一辈子平常心的人“一见如故，相见恨晚”，这份情谊一直温馨到骨子里，感动到血液里。所以我们都要认真地活着，优雅地老去……

心诚则灵，无所畏惧，方能万般顺达，自由自在。此时，她躺倒在壮美的胡杨树旁，与它心灵相约，进入了梦乡。魂牵梦绕间，灵魂仿佛出窍，冥冥之中自己又回到了那个鱼米之乡、远古的杏花村。在雕栏玉砌、应犹在的长廊间，她吹着微风，抿上一口香茶，打开手机音乐，习惯性地开始养肺，放声歌唱。她自然地拉开嗓门，不顾一切地唱了起来。

你从草原走来，
带着青草的芬芳；
你从山间走来，
带着烂漫的花香；
你从晨曦中走来，

身披五彩的霞光；
你从甜梦中走来，
带给我无限欢畅。

你就像一泓清泉，
滋润我干涸的心田；
你更像一盏明灯，
照亮我灰暗的生活。

感恩上苍的眷顾，
红尘中你我相遇；
让我们携手共度，
走过生命的分分秒秒……

夜幕降临，天色已暗，青石板路上，一盏盏宫灯逐次亮起，映照出幽幽的光影。前方，明代古战场修复的那段 1400 米长的红砖城墙蜿蜒伸展，古朴而迷离。台榭廊亭间，行人络绎不绝，他们或观赏山水，或沉浸于这独特的氛围中。有少男少女相拥细语，有老人围坐谈心，有学生成群嬉笑，还有人索性躺下享受这份闲适。

她意识到，自己的豪放而清脆的歌声已经吸引了他们的注意，而他们竟也乐此不疲地聆听着。不时有人上前求教，甚至展示起优美的舞姿。一个接一个，三个、五个、九个……她毫无倦意地抒发着情感，而周围的人们都静静地倾听，愉快地享受着这份美感。人间竟有如此美妙的音乐！她深感此生无悔，泪水不禁滑落脸颊，沉醉在旋律的优美与歌词的曼妙之中。

天呐，那声音多么像她儿时的童声啊！她从心底深处眷恋着这份感觉，它陶冶着她的情操，让她仿佛要沉醉入梦。她愿与武安山的青翠起伏相伴，愿与冰溪河的碧波荡漾相依。噢！她猛然醒悟：原来，在歌声中也可以遨游四方，心怀喜悦，真心诚意地沉醉其中……

妙音入心：歌词创作与音乐悟道之旅

在新年伊始的热闹氛围中，我受玉山音乐人张四一老师之邀，尝试创作《年味》歌词。

在新年活动的热闹平息后，我突然收到张四一老师的微信，邀请我合作创作一首“年味”的歌词。张老师作为玉山有名的才子，多才多艺且谦虚低调，他对我的信任和赞赏让我不敢有丝毫懈怠，唯恐辜负了他的期望。

面对张老师的邀请，我这个门外汉感到忐忑不安，但还是决定试试。我简单构思了一首诗并发给张老师审阅。张老师对我的诗表示赞赏，但指出作为歌词需要更简洁明了，让老百姓都能听懂、学会并喜爱。

张老师对歌词的创作提出了具体的要求，即要精简、雅俗共赏，并且词中一般不能带企业名称，以含蓄为重。这些要求让我更加明确了创作的方向和目标。

在我表示可以修改歌词后，张老师再次强调要精简，并发来了《仙林青梅》的歌词作为示例，同时提出了对歌词的具体要求："要求没有错别字，标点符号正确，语言表达通顺。"

《仙林青梅》这首歌的开头段落，以优美的意境和深情的表达，勾勒出了一幅青山绿水、青梅果熟、仙林花开的画卷，同时也传达了阿妹对阿哥的深深思念。整段歌词没有涉及任何企业字眼，而是纯粹地描绘了自然景色和人物情感，展现了阿哥阿妹之间纯洁而真挚的恋情。

张老师对这首歌的评价是"这样的歌才美妙"。在张老师的引领下，我仿佛推开了一扇通往音乐圣殿的大门。他对每个音符的考究、对每句歌词的推敲，都让我见识到什么是真正的艺术追求，让我对歌词创作有了更深的理解和感悟。

我从小酷爱音乐，有着丰富的音乐经历，包括唱歌、吹笛、打扬琴、拉二胡等，还曾拜到扬州广陵派古琴大师梅日强的门下学习古琴。这些经历让我对音乐有了深厚的感情。虽然我没有专门研究过写词作曲的学问，但在民族文化复兴的春风里，我竟与音乐再续前缘，这让我感到兴奋。

张老师发送给我的示范歌曲视频，让我感受到了音乐的魅力和艺术的力量。视频中流淌的旋律如清泉般浸润心田，令我沉醉不已。那音符间缭绕的仙灵之气、缠绵的情愫之韵，与若有似无的药草清香交织缠绕，将一段刻骨情缘娓娓道来。这让我对歌词创作有了更深的理解：最打动人心的歌词，无需繁复修饰，仅以最质朴的文字，便能表现出隽永的意境。

我写文章喜欢把历史和文化放进去，但认识到诗歌需要更单纯直白、通俗易懂。这让我懂得了文艺既要普及又要提高的道理，群众既需要通俗的文艺作品，也需要高雅的艺术享受。

我 16 岁那年，便在上海市电视台进行了笛子独奏，还曾为各大舞台和工农商学兵演奏及独唱，成为那个年代一位杰出的女子吹笛手。

我的音乐老师高志远去了不知名的小学当体育老师，而我也从北大荒病休回来，身体不允许再吹笛。尽管如此，我并没有放弃音乐，而是决定换一个乐器，并在高老师的指导下学起了扬琴。

在江西知青点插队务农时，我当上了文艺宣传队导演，并在全县上山下乡知识青年文艺大汇演中获得了两个第一名：扬琴独奏和独唱京剧《沙家浜》选段《授计》。

后来，我着重创作三清山国画，并逐渐研究写作。写作成为我人生不可缺少的修炼，而音乐和唱歌则是我排遣忧郁的最佳方式。这两者共同滋养了我的精神世界，让我越活越年轻。

我感恩当年高老师对我的严格培养，现在也要感谢玉山张四一老师在歌词创作上对我的正确指导。这两位老师不仅传授了我音乐和写作的知识，更在精神上给予了我巨大的支持和鼓励。

我在音乐的浩瀚海洋中欣然沉醉。次日，当东方的第一缕阳光洒满南厅，我便早早起身。遵循张老师的要求，我在原有歌词的基础上进行了大刀阔斧的改革，几乎等同于从零开始，重新创作。直至下午 6 点，我终于完成了“年味”这一主题的多段歌词，但心中仍感忐忑，于是怀着诚惶诚恐的心情将作品发送给张老师审核。出乎意料的是，张老师给予了高度评价，我顿时像孩子一样兴奋地跳了起来。他特别赞赏那些贴近老百姓生活的词汇，如“腊肉的香味”“踏破铁鞋”“阿妈一桌菜”“阿爸一壶酒”，认为它们真正捕捉到了佳节“年味香，年味浓”的醇厚氛围和深远韵味。

张老师常说：“人生没有对错，只有选择后的坚持，不后悔，走下去，就是对的。”在四季如歌的岁月里，他始终奋斗不息。冰溪河缠绵悱恻地流淌，玉山城张灯结彩，处处洋溢着喜庆的气氛。轻松愉快的曲谱应运而生，张老师的音乐才华超群，旋律思维栩栩如生，他娴熟地驾驭着广袤灵动的音乐元素。听着、感受着，那浓浓的乡情仿佛过年的美味佳肴般温柔地在嘴边涌动。春运的脚步匆匆，似乎在与火车竞速，只为能早点回到家乡。

古筝、古琴以及各种弹拨乐器的清雅伴奏声，如潮水般涌入人们的耳畔，流淌进每个人的心田。它们奇妙幽然地奏出轻松儒雅的歌曲，引领我们进入“年味”这一婉约抒情的主题。几排滑音娓娓道来，轻柔如仙山福地中彩霞满天的壮丽景象，令人荡气回肠，深受感动。

张老师好几天都埋头于这首歌曲的创作之中，终于圆了他关于“年味”的梦，也圆了我们词曲合作的梦。能与张老师这样的高手一起切磋，我深感荣幸且受益匪浅。

张老师家坐落在昔日县电影院附近，一条长长的胡同引领至一幢楼前。迈入大门，三棵参天耸立的大樟树映入眼帘，它们生气勃勃，威武雄壮。我特别喜欢他家那个宽敞的大院子，里面种满了各式各样的花草，一排篱笆巧妙地作为围墙，经过音乐家的精心布置，整个院子五彩缤纷、葳蕤苍翠，令人驻足流连。

张老师引领我们进入三楼，那里是他专属的创作工作室。室内音响、摄影、录音棚等设备一应俱全，且都显得高档而专业。可以想象，主人为了打造这个美好的音乐殿堂，投入了不少心血和资金。我第一次亲眼见到个人拥有的如此完备的专业录音棚，不禁目瞪口呆。我仔细观察了张老师的厅内布置，虽然整体风格朴素简单，但处处都闪耀着艺术世界的独特光芒。地上随意摆放着几把神奇可爱的吉他，那是他早期钟爱的乐器。墙上则写满了励志的语言并配以生动的图画，如“成功的阶梯有七级，你在哪一级？”“将来的你，一定会感谢现在奋斗的自己。”我凝视良久，逐渐领悟到他真正成功的关键。“生活可以是甜的，也可以是苦的，但绝不能是无味的。你可以胜利，也可以失败，但绝不能屈服。”我们应当学习张 老师在艺术道路上不断奋斗进取、坚韧不拔的精神。

这首曲子犹如一幅流动的画卷，令我尤为沉醉的是其中那股贯通始终的精气神韵。欢快的旋律里跃动着节日的喜庆祥和，仿佛能看见万家灯火下的团圆景象；而铿锵的节奏中又蕴含着各行各业奋斗者坚实的足音。这曲调启示着我们：唯有不断提升艺术造诣，磨砺专业素养，方能用最动人的音符记录这个伟大的时代。

“风从雪山吹来，歌从云中飘来，水从天际流来……问天问地，我究竟从哪里来……”置身于这音乐的殿堂之中，我想向大家宣告：过大年了！让我们在这洋溢着《年味》的动人旋律中，与千家万户共庆团圆，一同沉醉在这最温暖、最幸福的年节时光里吧！

年　味

作词 / 杨七芝

作曲 / 张四一

演唱 / 沈嘉缇

冰雪依然覆盖着层林间，
远方的炊烟飘来腊肉的香味。
寒风怎挡我思乡的目光，
红灯高照寄托最美的年味。
阿妈一桌菜，阿爸一壶酒，
归家的心啊，已走过年年岁岁。
年味香，年味浓，
万水千山，盛情送珍贵。
年味香，年味浓，
踏破铁鞋，新春好心醉。

年味香，年味浓，
阳光带来花开春天的暖意。

年味香，年味浓，

憧憬温馨，洒下是纯情。

憧憬温馨，洒下是纯情。

用理智觉心

“君子喻于义，小人喻于利”，君子懂得的是道义，小人懂得的是利益。“集众思，广忠益”，这恰恰契合了我们北大荒正义人士间那如冰雪般纯洁的情谊；舍利而聚义，义薄云天，“君子以厚德载物”，这正是中华民族优秀传统的体现，也是我们这一代知青精神风貌的生动写照。

20 世纪五六十年代，近两千万在校学生，踏上了北去的列车、南下的轮船，前往黄土地、黑土地、红土地、冰山草原、椰林湿地，进行拓荒耕耘。在那披荆斩棘的拼搏中，他们才深刻体会到什么是人生的坎坷道路，什么是体验艰难困苦的逆境生存。所有的时间与青春在那片土地上得到了前所未有的历练。小苗儿扎根在泥土里，经过风吹雨打、雪压冰封，他们成长了，铸就了坚强不屈的人生！

时过境迁，他们陆续回到了城市生活与工作，这也是他们每个人生命中可歌可泣的成长史、发展史。若干年后，抚今追昔，他们渐渐明白：无论有悔无悔，那段滚打锤炼的经历，已然成为他们生命中稀缺的精神财富，他们的成功创举将流传后世。历史赋予知青的重任与天职，从知青草根到国家栋梁，他们史无前例地开创了一代人不朽功绩的先河。

21 世纪的幸遇，让老知青躬逢盛世，欣逢中华民族伟大复兴的新时代。我们既心怀感动，更勇于担当，人人不甘落后，个个争创佳绩。

在“超龄时期”，我们尽心为国为民奉献一份自己的绵薄之力，就是体现“夕阳红”的人生价值。“机不可失，时不再来。”尽管岁月蹉跎，白发缠鬓，但我们的精神面貌依然俊朗，风采依旧。我们没有忘记“烈士暮年，壮心不已；老骥伏枥，志在千里”的千古励志名句。老知青依旧可以筑梦而生，在有生之年建起一座座历史丰碑。

无论是林海雪原、茫茫戈壁，还是黄沙漫卷、橡胶椰林，或是草原奔马、遍地牛羊，抑或丝绸之路的河西走廊、井冈风范、延安窑洞、苍茫大地，都留下了我们老知青一串串奋战的足迹，深深印刻着特殊岁月的痕迹！

因此，我们要用各种文化艺术的形式来表达——热烈歌唱祖国的兴旺发达，激情表演舞蹈《祖国啊，我爱您》！这是我们一次次对家国情怀的实践！